Lorin

Joan Aiken

Der Winterschlafwandler

Mit Bildern von Babette Maeder
Aus dem Englischen
von Renate Orth-Guttmann

Diogenes

Titel der 1994 bei
Jonathan Cape, London,
erschienenen Originalausgabe:
›The Winter Sleepwalker‹

Für meine Eltern

B. M.

www.diogenes.ch
40/00/6/1
ISBN 3 257 00859 7

Inhalt

Die blauen Schuhe

Teb und Scilla waren Zwillinge und der Prinz und die Prinzessin des Königreichs Tahyr. Sie wohnten in einem rosa Schloss, aber sehr glücklich waren sie nicht.

Das kam daher, dass ihre Mutter, die Königin, verschwunden war. Seit einem Jahr. Einfach verschwunden, kein Mensch wusste wohin. Nur ihre blauen Schuhe standen noch auf dem Rasen, nachdem sie sich gleich einer weißen Rakete hoch in die Lüfte erhoben und im Himmelsblau verloren hatte. Sie hatte ihnen einen Brief dagelassen, in dem stand: »Lieber Teb, liebe Scilla, nehmt jeder einen Schuh. Sie werden euch beschützen.«

Teb mochte seinen Schuh nicht tragen, weil er blau und mit einem großen Mondstein verziert war. »Das ist ein Mädchenschuh«, sagte er. Scilla zog manchmal kurz beide an. Sie standen immer an ihrem Bett. Nachts gaben sie ihr gute Ratschläge.

Iss einen Apfel und sing ein Gedicht,
die sich windende Schlange: berühre sie nicht!
Lauf schnell eine Stunde,
einen Tag geh im Schritt,
horch auf die Vögel und gib Acht auf ihr Lied.

Hör auf den Mond,
sieh wie er zieht,
gib Acht auf den Regen
und spiele sein Lied.

Jede Nacht sangen die Schuhe solche Liedchen. Manche klangen wie blanker Unsinn, andere wieder nicht. Am häufigsten sangen sie ein Lied, das ging so:

Über die Bewölkten Berge
führt der Weg zur Schule hin,
sind und bleiben Dummerjane
alle, die sie trotzig fliehn.

Dieses Lied wollte Scilla nicht aus dem Kopf. Eines Tages ging sie zu ihrem Vater, dem König, und sagte: »Hör zu, Pa, wir sollten zur Schule gehen. Seit Ma nicht mehr da ist, bringt uns niemand mehr was bei. Dabei müssten ein Prinz und eine Prinzessin eigentlich alles wissen. Wir sollten zur Schule gehen, Pa!«

Das musste sie nicht einmal, sondern viele, viele Male sagen. Denn seit seine Frau dahingegangen war gleich einer Flamme, die man ausgeblasen hat, war der König immer sehr still und traurig. Er tat den Mund nur noch auf, wenn er etwas gefragt wurde, und auch dann antwortete er nicht immer. Oder manchmal nur mit einem Wort.

Als Scilla ihm vorhielt, sie müssten eigentlich zur Schule gehen, sagte er nur: »Nein.«

»Warum nicht, Pa?«, fragte Scilla.

»Stör mich nicht.«

Das Land Tahyr war sehr klein und hatte keine Schule. Auf einem Esel hatte man es in vier Stunden durchquert. Ringsherum erhoben sich die Bewölkten Berge, die waren so hoch und so steil, dass nur ganz selten jemand Lust hatte, sie zu besteigen. Eine einzige Straße führte aus Tahyr heraus. Wer in die Schule wollte, musste auf dieser Straße über die Bewölkten Berge ins Nachbarland, das hieß Banyoota.

»Warum dürfen wir nicht zur Schule gehen, Pa?«, fragte Scilla.

Der König hatte ein ganzes Zimmer voller Schnüre und Bindfäden, die waren von vorn bis hinten verfieselt und verheddert und voller großer, dicker Knoten. Ständig zerrte und zupfte er an den Schnüren und Bindfäden herum, aber so gut wie nie gelang es ihm, einen Knoten zu lösen.

Während Scilla mit ihm sprach, bohrte er seinen Zeigefinger in die Knoten, aber keiner ging auf.

»Der Weg über die Bewölkten Berge ist sehr weit«, sagte er schließlich. »So weit könnt ihr nicht laufen. Und gefährlich ist er auch. Da oben gibt es Geistertiger.«

»Sollo könnte uns fahren«, sagte Scilla. »In der Kutsche.«

Sollo war der königliche Kutscher. In glücklicheren Tagen hatte er den König und die Königin in einer kleinen gummibereiften Kutsche herumgefahren, vor die ein Schimmel gespannt war. Oft waren sie zu den königlichen Obstgärten gefahren, um nachzusehen, ob die Äpfel und die Bananen schon pflückreif waren.

Jetzt aber war der König schon sehr lange nicht mehr mit seiner Kutsche ausgefahren.

»Sollo fährt uns gern über die Bewölkten Berge«, sagte Scilla. Damit hatte sie Recht. Sollo mochte Träume, und im Land Tahyr träumten die Menschen nur sehr wenig, auch wenn sie ganz lange schliefen. Vielleicht waren die Berge so hoch, dass die Träume nicht nach Tahyr hineinkamen.

Nach vielen Tagen hatte Scilla ihren Vater so weit, dass er zustimmte. Ja, sie dürften zur Schule gehen.

Scillas Bruder Teb ging nie mit, wenn sie dem König zusetzte. Er war fast so still und traurig wie sein Vater. Und als sie sich zum erstenmal auf den Weg machten, sagte Teb: »Ich komme nicht mit bis zur Schule. Auf dem Gipfel der Bewölkten Berge steige ich aus, ich will einen Geistertiger fotografieren.«

Scilla sperrte Mund und Nase auf.

»Aber Teb!«, stieß sie hervor. »Das geht doch nicht! Wenn nun so ein Tiger dich frisst? Und Papa wird furchtbar wütend auf Sollo werden. Bitte nicht, Teb! Bitte, bitte nicht!«

Aber er hatte es sich nun mal vorgenommen.

»Deshalb war's mir ganz recht, dass du Papa gebeten hast, uns zur Schule zu schicken. Weil ich jetzt den Gipfel der Bewölkten Berge zu sehen bekomme und die Geistertiger. Sollo braucht nichts davon zu erfahren. Ich springe ganz leise ab. Und wenn du abends zurückkommst, stehe ich an derselben Stelle und warte auf dich.«

Scilla kam alles Mögliche in den Sinn, was bei diesem Plan schief gehen konnte. Ein Geistertiger konnte Jagd auf Teb machen und ihn weit von der Straße wegtreiben. Oder ihr Bruder konnte sich in dem dichten Nebel verirren, der über den Bewölkten Bergen hing.

»Tu's nicht, Teb! Bitte, bitte tu's nicht!«

Doch es half alles nichts, Teds Entschluss war gefasst. Er hatte seinen Fotoapparat dabei und einen Apfel und eine Banane für die Mittagspause.

»Es muss sein. Kein Mensch hat bis jetzt die Geistertiger fotografiert, ja, niemand weiß so recht, ob es die überhaupt gibt. Vielleicht komme ich morgen mit zur Schule, wenn du meinst, dass es sich lohnt. Mal sehn, was du heut Abend erzählst.«

»Dann zieh wenigstens die blauen Schuhe an.«

Aber er nahm nur einen. »Ein Junge mit zwei blauen Schuhen, das sieht doch blöd aus«, sagte er.

Und so machten sie sich denn beide mit einem blauen und einem weißen Schuh auf den Weg. Scilla trug den rechten blauen und Teb den linken blauen Schuh.

Als sie den höchsten Punkt der Bewölkten Berge erreicht hatten, ließ sich Teb ganz leise aus der Kutsche gleiten. Der Absprung war nicht lauter, als wenn ein Blatt vom Baum fällt. Sollo knallte mit der Peitsche, um den Schimmel zur Eile anzutreiben, und merkte nichts. Er fuhr weiter bis zur Stadt Bayoota, da schien die Sonne hell und warm, viele Leute waren unterwegs, es gab Stände, an denen man Obst und Spielzeug kaufen konnte, und in einem Park mit grünem Rasen stand eine große Schule.

»Wo ist denn der Prinz?«, fragte Sollo erstaunt.

»Der ist ein bisschen früher ausgestiegen.«

Sie meint wohl am Stadtrand, dachte Sollo.

»Ich leg mich ein bisschen aufs Ohr«, sagte er, nachdem er dem Pferd einen Sack mit Hafer und Heu umgehängt hatte. »Wenn die Schule aus ist, kannst du mich wecken.«

Er legte sich unter einen Bananenbaum und schlief sofort ein.

Scilla lief zum Schulhaus und klopfte.

»Ich komme aus dem Land Tahyr«, sagte sie zu der Schuldirektorin, »und möchte bitte etwas lernen.«

Die anderen Kinder staunten, als sie das kleine Mädchen sahen, das einen blauen und einen weißen Schuh anhatte, und einige lachten. Aber die Lehrer waren sehr nett zu ihr.

»Was weißt du denn schon?«, fragten sie.

»Überhaupt nichts. Ich möchte bitte *alles* lernen.«

»Dann fangen wir mit den Zahlen an.«

Sie gaben Scilla einen großen Glaskrug, der war bis zum Rand mit kleinen perlfarbenen Muscheln gefüllt.

»Kannst du mir sagen, wie viele Muscheln in dem Krug sind?«

»Nichts leichter als das!«

Scilla guckte sich den Krug an und sagte den Lehrern, wie viele Muscheln darin waren.

»Jetzt breite sie alle auf dem Tisch aus.«

Sie schüttete die Muscheln aus dem Krug und verteilte sie mit den Händen über den ganzen großen Tisch.

»Jetzt sortiere sie in Zehner-, Zwanziger- und Hundertergruppen.«

Auch damit hatte sie keine Schwierigkeiten. Die Lehrer wollten ihren Augen nicht trauen. Scillas Hände bewegten sich wie der Wind, und sie wusste, dass der blaue Schuh an ihrem rechten Fuß ihr half.

»Und jetzt«, sagte die Rechenlehrerin, »zeige ich dir, wie man mit Zahlen umgeht. Du kannst sie für dich arbeiten lassen, als ob sie deine Finger und Zehen wären. Von jetzt ab werden sie deine gehorsamen Diener sein und tun, was du von ihnen verlangst.«

Die Rechenlehrerin zeigte Scilla, was sie machen musste, damit die Zahlen ihr gehorchten. Das war ganz schön schwer – so schwer wie der Aufstieg auf einen steilen Berg –, aber Scilla hatte großen Spaß daran. Jetzt konnte sie die Muscheln in ihrem Kopf hin- und herschieben und für sich arbeiten lassen.

»Noch nie hat eine unserer Schülerinnen so schnell gelernt«, sagte die Lehrerin. »Morgen bringt meine Schwester dir bei, mit Worten so umzugehen, dass sie genau das machen, was du willst. Und am Tag darauf erzählt mein Bruder dir etwas über Musik. Und dann sind wieder die Zahlen dran. So lernst du jeden Tag etwas dazu.«

Dann aßen sie alle ihre Äpfel und Bananen. Und die anderen Kinder brachten Scilla Tänze und Spiele bei.

»Aber warum hast du einen weißen und einen blauen Schuh an?«, fragten sie. Da erst dachte sie wieder an Teb und wie es ihm wohl ergangen war. Dazu war sie bisher noch gar nicht gekommen.

Sie ging zur Schuldirektorin und fragte, ob sie früher gehen könne. Die Direktorin war in der Schulbibliothek, da gab es so viele Bücher in vielen hohen Regalen, dass das Zimmer aussah wie eine riesige Honigwabe. »Ach«, dachte Scilla und sah sich um, »wie gern würde ich all diese Bücher lesen.«

»Das sollst du auch«, sagte die Schuldirektorin, denn sie konnte hören, was andere Menschen dachten. »Morgen, wenn du gelernt hast, mit Worten umzugehen, darfst du dir ein Buch aussuchen. Aber erst musst du dich um deinen Bruder kümmern. Lauf jetzt! Und morgen bringst du ihn mit, er soll doch auch etwas lernen.«

Scilla wollte gerade gehen, da hörte sie ein durchdringendes Tschilpen und Trillern.

»Hilf mir! Bitte bitte hilf mir! Ich kann nicht raus!«

»Wer ist denn da?«, fragte Scilla. »Wo bist du?«

»Das ist nur ein Vogel«, sagte die Schuldirektorin, »der hat sich vor Jahren zwischen unseren Büchern verirrt. Irgendwann findet er schon zurück ins Freie.«

»Aber ich kann ihm helfen«, sagte Scilla und rief: »Vogel! Vogel! Hierher! Komm zu mir!«

Und gleich darauf schoss der Vogel – eine blaue Schwalbe – aus dem dunklen Gang zwischen zwei Bücherregalen hervor und setzte sich auf Scillas Schulter.

»Du sprichst die Vogelsprache?«, fragte die Frau Direktor sehr verwundert.

»Nur wenn ich den blauen Schuh anhabe.«

Und dann lief sie, so schnell sie konnte, mit dem Vogel auf der Schulter zu dem Bananenbaum, unter dem Sollo lag und schlief.

»Ach«, sagte er gähnend, »ich habe so wunderschön geträumt. Davon kann ich jetzt bestimmt ein ganzes Jahr lang zehren. Wo hast du denn den Vogel her? Und wo ist der Prinz?«

»Er wartet weiter oben auf uns«, sagte Scilla und konnte nur hoffen, dass es so war.

Sie fuhren los. Scilla winkte zum Abschied den anderen Mädchen zu, von denen sie die Spiele gelernt hatte, und die winkten zurück. Der Schimmel war ausgeruht und trabte flott die Bewölkten Berge hoch, und Sollo erzählte indessen Scilla von seinen Träumen, und sie erzählte ihm von dem, was sie gelernt hatte.

Aber sie fürchtete sich doch sehr. Wenn sie sich nun die Stelle, an der Teb abgesprungen war, nicht genau gemerkt hatte? Wenn er nun nicht da war?

Auf dem Gipfel ragten rechts und links der Straße steile Böschungen hoch, und überall lagen dicke Felsbrocken herum.

»*Hier* ist er ausgestiegen?«, staunte Sollo.

Es war sehr kalt dort oben auf dem Gipfel. Im Lauf des Tages hatte es geschneit. Scilla konnte Teb nirgends entdecken und wurde immer unruhiger.

Und dann flog plötzlich der Vogel, der bis dahin ruhig auf ihrer Schulter gesessen hatte, laut tschilpend zu einem Felsbrocken am Straßenrand. Daneben lag etwas, was wie eine Schneewehe aussah.

»Halt an, Sollo, halt an!«, rief Scilla. Sie sprang vom Wagen, lief zu der Schneewehe und buddelte mit den Händen darin herum. Sollo kam dazu und half ihr. Unter dem Schnee fanden sie den fest schlafenden Teb.

»Lebt er?«, fragte Scilla ganz außer sich vor Sorge.

»Ja, er lebt«, erwiderte Sollo grimmig, »aber in einer Stunde wäre er zu einem Eisblock gefroren, der kleine Dummkopf.«

Sie hoben ihn in den Wagen, und der Vogel flog zirpend und pfeifend um sie herum. Sollo wickelte Teb in eine Decke und gab ihm Bananenwein zu trinken. Da machte er die Augen auf und gähnte und sagte: »Ich muss eingeschlafen sein.«

»Was hast du erlebt?«, fragte Scilla.

»Rein gar nichts. Es war sehr langweilig. Nicht einen einzigen Geistertiger habe ich gesehen.«

»Aber … sie sind doch überall um uns herum«, sagte Scilla und blickte hoch.

»Also ich hab keinen zu Gesicht gekriegt«, sagte Teb vergrätzt. »Außerdem ist mir furchtbar kalt, und der Fuß tut mir weh.« Er zog den blauen Schuh aus. »Wie war's in der Schule?«

»Wunderschön. Ich habe viel gelernt. Du sollst morgen mitkommen, haben sie gesagt.«

»Meinetwegen«, brummelte Teb.

Sollo fuhr rasch in das Land Tahyr herunter. Teb und Scilla liefen, so schnell sie konnten, in das rosa Schloss, wo ihr Vater in dem Zimmer mit den vielen Schnüren und Bindfäden saß.

»Wir sind von der Schule zurück, Vater. Und wir haben dir einen Vogel mitgebracht.«

Der Vogel flog in das Zimmer mit den vielen Schnüren und Bindfäden, als flöge er in sein Nest. Er flirrte und flatterte hinein und hinaus, auf und nieder, hin und zurück, von einer Seite zur anderen – und im Nu waren alle Schnüre und Bindfäden entwirrt und lagen in einem gleichmäßigen Muster wie geriffelter Sand auf dem Fußboden. Und aus dem letzten Knoten kam ein kleiner Zettel und darauf stand: *Eines Tages seht ihr mich wieder.*

»Das ist Mutters Schrift«, sagte Scilla. Sie nahm die blauen Schuhe, lief nach oben und stellte sie an ihr Bett.

Der neue Besen

Eine alte Frau ging langsam über die Dorfstraße von High Blowfield. Ganz langsam ging sie und stützte sich dabei auf einen kaputten Stock. Sie war so krumm gewachsen, dass ihr der Kopf fast bis zu den Knien herunterhing.

Beim Gehen schimpfte sie unablässig vor sich hin.

»Widerwärtig kalter Tag. Widerwärtig, wie laut die Vögel singen. Widerwärtig, wie kräftig der Wind bläst. Viel zu viele Autos. Viel zu viele Menschen. Viel zu viele Hunde. Viel zu viele Kinder.«

An allem hatte sie etwas auszusetzen.

Die Vögel flatterten erschrocken hoch, wenn sie vorbeikam. Und alle Hunde kläfften oder knurrten oder machten sich mit eingezogenem Schwanz davon. Auch ein großer schwarzer Köter, der hinter einem Gartentor saß, bellte sie an, und weil er so laut und so lange bellte, drehte die alte Frau sich um, richtete zornig ihre rotgeränderten Augen auf ihn und streckte ihren dürren Zeigefinger nach ihm aus.

Der Hund verwandelte sich in eine kleine Stechpalme, die geradewegs aus dem Gartenweg herauswuchs, was für seinen Herrn eine rechte Plage war.

»Das hast du nun davon«, sagte die alte Frau.

Ein paar Kinder kicherten verlegen und sahen sie groß an, sicherheitshalber aber in einigem Abstand, von der anderen Straßenseite her.

»Meine Gänse würde ich auf euch hetzen, wenn ich sie dabeihätte«, zischte die alte Frau und sah selbst fast wie eine Gans aus, wie sie so dastand, den mageren Hals vorgereckt und den kaputten Stock schwenkend.

»Das ist die Hexe aus dem Schattenwald«, flüsterte ein Junge seinem Vetter zu, der im Dorf nur zu Besuch war. »Mit einem einzigen Blick kann sie dich in einen Giftpilz verwandeln. Um die macht man besser einen großen Bogen.«

»Auwei! Und was will sie hier im Dorf?«

»Weiß ich nicht. Man sieht sie selten, sie wohnt nämlich mitten im Wald, da, wo er am dunkelsten und unwegsamsten ist, an einem grundlosen Weiher. Da hält sie ihre Gänse. In Wirklichkeit, sagt mein Papa, sind das Menschen, über die sie sich geärgert hat.«

»Auwei«, wiederholte sein Vetter, und die beiden sahen mit runden Augen der alten Frau nach, die jetzt in einem Laden verschwand. Auf dem Ladenschild stand: DYNAMO-BILL – ELEKTROARTIKEL UND HAUSHALTSGERÄTE.

»Morgen, Oma«, sagte Dynamo-Bill.

Dynamo-Bill war ein sommersprossiger junger Mann, der rot-weiß karierte Socken trug und ein Holzbein hatte. Früher war er zur See gefahren, aber sein Schiff war verschrottet worden, und deshalb hatte er jetzt einen Laden.

»Was kann ich für Sie tun, Oma?«, sagte er.

Die alte Frau richtete sich langsam auf und musterte ihn eisig.

»Mein Name ist Hasskunst«, blaffte sie.

»Entschuldigung, Oma«, sagte Bill. »Was kann ich für Sie tun, Frau Nasskunst?«

»Hass, nicht Nass! Ich brauche einen neuen Besen. Meiner ist nicht mehr gut.« Sie schwenkte den kaputten Stock. »Ich gebe dir –«

Aber Dynamo-Bill schüttelte den Kopf. »Bedaure, Oma Hasskunst, Besen führe ich nicht. Nur elektrische Staubsauger. Wie wär's mit einem schönen Bodenboy? Nur 345 Pfund oder 20 Pfund die Woche auf dreißig Jahre. Mit Polsterdüse, Bohneraufsatz und Fensterreiniger. Hundert Staubbeutel gibt's kostenlos dazu.«

»Blödmann!«, zeterte die Alte. »Ich will doch den Besen nicht zum Fegen. Bei mir gibt's nichts zu fegen. Ich brauche ihn zum Reiten.«

»Nichts für ungut, Oma. Aber reiten können Sie auf dem Bodenboy natürlich auch. Wenn Sie's bequemer haben wollen, können Sie ja noch ein Kissen –«

Er drehte sich um und deutete auf den großen, rotschwarzen Bodenstaubsauger. Da schwenkte Frau Hasskunst erbost ihren kaputten Stock und verzauberte ihn in einen Gänserich.

Der Zauber klappte nicht so gut wie sonst, vielleicht weil der Stock kaputt war. Dynamo-Bill konnte noch sagen: »Versuchen Sie's doch mal bei LOTTY UND TRILLA – NEUE BESEN. Der erste Laden nach der Post…«, während ihm schon Federn im Gesicht wuchsen. Und die Füße in den rotweißen Socken, von denen einer aus Holz war, waren noch Menschenfüße, als Frau Hasskunst seine obere Hälfte – die Gänsehälfte – schon in eine große Plastiktüte stopfte, die sie aus einer speckigen Tasche gezogen hatte.

Gereizt vor sich hin brabbelnd und die Plastiktüte hinter sich herschleifend, marschierte Frau Hasskunst an der Post vorbei zu dem Geschäft, das sich NEUE BESEN nannte.

Das Geschäft gehörte zwei Schwestern und führte alle möglichen Sachen aus Stroh und Flechtwerk – Stühle, Strohpuppen, Taschen, Besen, Handfeger, kleine Tische, Sandalen, flache Schuhe und Tabletts. Trilla hatte dunkles Haar, und Lotty hatte helles Haar. Lotty sprach nicht. Sie hatte nie gesprochen. Keiner wusste, ob sie nicht sprechen konnte oder ob sie es einfach für überflüssig hielt. Trilla sprach genug für zwei. Sie schwatzte und lachte den lieben langen Tag. Gerade jetzt hörten die beiden Radiomusik, und dabei arbeitete Trilla an einem Strohfächer, und Lotty flocht einen Strohkorb. Die schmalen, geschickten Finger bewegten sich in Windeseile hin und her. Im Radio sang ein Mann:

Wisch nur weg das Dunkel,
lass keinen Schatten hier.
Fege weg die Nacht,
ja, fege weg die Nacht,

denn wenn sie vergangen ist,
als Schwan du deine Gänse siehst.

Trilla summte die Melodie mit.

Als Frau Hasskunst in den Laden gehumpelt kam, hörte sie auf. »Guten Morgen«, sagte Trilla sehr höflich. »Was kann ich für Sie tun?«

Frau Hasskunst sah sich um.

»Ich brauche einen Besen. Einen wie den da.« Sie deutete auf einen Besen, der von der Decke hing.

»Aber gern. Er kostet zwei Pfund. Soll ich ihn runterholen?«

»Dumme Pute! Wenn ich den da haben wollte, könnte ich ihn mir selber runterholen.«

Der Besen fiel zu Boden, als Frau Hasskunst noch einmal auf ihn zeigte.

»Einen *wie* den da, hab ich gesagt.«

Die Schwestern warteten höflich, während Frau Hasskunst ein Bündel Reisig aus ihrer speckigen Tasche zog.

»Ich will einen Besen wie den da. Aus einem Birkenast mit diesem Reisig. Kannst du mir so einen Besen binden?«

Trilla nahm ihr das Reisigbündel ab, es fasste sich nicht schön an, weil es so speckig war. Sie spürte ein Kribbeln in den Fingerspitzen.

»Kannst du mir so einen Besen binden?«, wiederholte Frau Hasskunst, aber dabei starrte sie auf Lottys Hals. Lotty trug eine sehr hübsche Halskette aus Silber und Korallen, die hatte Dynamo-Bill ihr geschenkt. Er hatte sie in einem fremden Land gekauft, als er noch zur See gefahren war.

»Ja, wir können Ihnen einen Besen binden. Lassen Sie das Reisig nur hier. Es dauert eine Woche«, sagte Trilla.

»Na schön. Bring ihn nächste Woche zu mir«, blaffte Frau Hasskunst. »Und dass du mir nur diese Zweige nimmst. Sie sind sehr selten und kommen aus – na, egal. Und damit du dir auch Mühe gibst, nehme ich die andere da mit, sie kann die Woche über bei mir bleiben. Also sei schön fleißig, und dass mir kein Ästchen verloren geht.«

Frau Hasskunst tippte mit ihrem kaputten Stock Lotty an, und Lotty verwandelte sich auf der Stelle in ein Birkenstämmchen, das nicht größer war als eine Milchflasche.

Die Hexe stopfte Lotty in die Plastiktüte, aus der noch zwei Füße – einer davon aus Holz – in rotweißen Socken hervorsahen.

»Ich erwarte den Besen, sobald er fertig ist«, zischelte Frau Hasskunst, drehte sich um und war verschwunden.

»Aber –«, setzte Trilla an, da schlug schon krachend die Tür zu, und mehrere Besen fielen vom Haken.

Die arme Trilla brach in Tränen aus. Aber dann trocknete sie sich die Augen und wusch sich die Hände und fing an zu arbeiten, so schnell sie konnte.

Als Erstes suchte sie sich einen starken, geraden, schlanken Birkenast. Dann flocht sie ein feines, dünnes Strohseil. Das Seil war so fest, dass man daran einen kräftigen Mann samt Stuhl hätte vom Boden hochheben können.

Mit dem Strohseil band Trilla die Reisigzweige schön fest an den Besenstiel und verschlang es in jeder Gabelung mit einem doppelten Weberknoten. Es juckte und kribbelte ihr in den Fin-

NEUE
BESEN

gern, wenn sie die Zweige anfasste, aber sie kümmerte sich nicht darum. Und beim Besenbinden sang sie:

Wisch nur weg das Dunkel, fege weg die Nacht,
lass keinen Schatten hier.
Fege weg die Nacht,
denn wenn sie gegangen ist,
als Schwan du deine Gänse siehst.

»Aber eigentlich«, sagte sich Trilla, die ein vernünftiges Mädchen war, »wär's mir gar nicht so recht, wenn meine Gans ein Schwan wäre, sonst hätte ich mir doch wohl gar nicht erst eine Gans gekauft. Eine Gans ist viel nützlicher als ein Schwan. Eine Gans legt Eier und vertreibt Räuber. Mit einem Schwan kann man nicht viel anfangen.«

Trotzdem sang sie das Lied, während ihre gelenkigen Finger flochten und drehten, so schnell sie konnten. Sie sang, um nicht die Nerven zu verlieren, denn sie machte sich schreckliche Sorgen um ihre arme Schwester Lotty.

Und wie erging es Lotty unterdessen?

Frau Hasskunst hinkte mit ihrer Plastiktasche zornig nach Hause in den Schattenwald, durch das wuchernde Dornendickicht tief hinein in den dichten, dunklen, dunstig-feuchten Wald, wo sie zwischen den eng zusammenstehenden Bäumen und neben dem grundlosen Weiher ihr kaltes, klammes, dunkles Haus hatte.

Das Wasser des Weihers war schwarz wie Tinte. Auf dem Weiher schwammen vier Gänse, zwei schwarze und zwei weiße. Frau

Hasskunst machte die Plastiktüte auf und ließ Dynamo-Bill (mittlerweile war er vom Kopf bis zu der hölzernen Schwimmflosse ein richtiger Gänserich geworden) ins Wasser plumpsen.

Das Birkenstämmchen pflanzte sie an den Rand des Weihers. Zu ihrem großen Ärger war um das Bäumchen noch immer die Halskette aus Silber und Korallen geschlungen, und sosehr die Hexe auch zog und zerrte, sie bekam die Kette nicht ab.

Und während sie so zog und zerrte, zischten alle Gänse sie an. Besonders der frühere Dynamo-Bill.

»Ja, zischt ihr nur«, fauchte sie. »Nächste Woche, wenn ich meinen schönen neuen Besen habe, krieg ich sie bestimmt ab. Und dann verwandele ich euch alle in Nacktschnecken und Ohrwürmer. Das habt ihr dann von eurem Gezische.«

Trilla arbeitete unermüdlich von morgens bis abends, und nach fünf Tagen war der Besen fertig. Dann fragte sie überall im Dorf herum, wo wohl die Hexe wohnte, aber das konnte ihr keiner sagen. Und da machte sich Trilla auf den Weg in den Wald.

Alle hatten großes Mitleid mit Trilla. Lotty war überall beliebt, weil sie so fröhlich war und immer lächelte, auch wenn sie nicht sprach. Aber niemand war tapfer genug, um Trilla zu begleiten.

»Zu schade, dass Dynamo-Bill nicht da ist«, sagten die Leute. »Wo mag er abgeblieben sein? Der wäre bestimmt mitgegangen, er hat doch Lotty so gern.«

Weil aber niemand sie begleiten mochte, ging Trilla allein. Und im Gehen sang sie:

Eine Gans
bringt Nutzen,
was soll mir ein Schwan?
Die Gans legt Eier, soviel sie nur kann,
und manche, so heißt es,
sind gar aus Gold!
Ich will eine Gans, was soll mir ein Schwan?

Als Trilla in den Wald hineinkam, sah sie an einem Dornenzweig eine rotweiß karierte Socke hängen.

»Komisch«, dachte sie, »die sieht ganz so aus wie eine von Bill.« Und sie nahm die Socke von dem Zweig und steckte sie in die Tasche.

Und dann ging sie weiter, den schönen neuen Besen in der Hand.

Bald wurde der Wald immer dichter, und schließlich standen die Bäume so eng beisammen, dass sich nur eine Schlange zwischen ihnen hätte durchwinden können. Aber dann entdeckte Trilla einen schmalen, schlammigen Weg, dem ging sie nach. Sie war weit gelaufen und rechtschaffen müde, aber sie benutzte den Besen als Wanderstab, auch wenn ihr die Finger davon kribbelten.

Und dann fand sie eine zweite rotweiße Socke an einem Dornenzweig.

»Da bin ich wohl auf dem rechten Weg«, dachte sie. Sie steckte die Socke in die Tasche und pfiff und sang vor sich hin:

Wische nur weg das Dunkel,
fege weg die Nacht,
lass keinen Schatten hier.
Ich will eine Gans,
was soll der Schwan denn mir?

Das klang ganz schön mutig, aber in Wirklichkeit hatte sie große Angst. Denn es war nun Nacht geworden, eine schmale Mondsichel hing am Himmel, und es war sehr, sehr dunkel im Wald.

»Wie soll ich bloß das Haus von Frau Hasskunst finden?«, dachte sie bei sich.

Mit einem Mal sah sie den Mond. Er schien direkt vor ihr auf dem Weg zu liegen, dann aber merkte sie, dass er sich in dem schwarzen Wasser des tiefen Weihers spiegelte.

Um den gespiegelten Mond herum sah sie dunkle Gänseköpfe – einen, zwei, drei, vier, fünf.

Lautlos, ohne zu zischen oder zu schreien, schwammen die Gänse auf Trilla zu und rieben, als sie sich zu ihnen herunterbeugte, sanft die Köpfe an ihrer Hand.

»Wo ist meine Schwester?«, flüsterte sie. »Und wo ist Frau Hasskunst?«

Die Gänse drehten die spitz zulaufenden Köpfe auf den langen Hälsen, und jetzt erkannte Trilla im matt glänzenden Mondlicht am anderen Ufer des Weihers ein kleines, dunkles Haus.

»Frau Hasskunst!«, rief Trilla. »Ich bringe Ihnen Ihren schönen neuen Besen!«

Knarrend ging die Tür auf. Frau Hasskunst kam gebückt herausgehinkt. Ihre Augen funkelten wie glühende Kohlen.

»Ich bringe Ihnen Ihren Besen«, wiederholte Trilla. »Wo ist meine Schwester?«

»Her mit dem Besen«, krächzte Frau Hasskunst. »Danach sag ich dir, wo deine Schwester ist.« Langsam kam sie um den Weiher herum auf Trilla zugehumpelt. Im Dunkeln hatte sie die lange, magere Hand ausgestreckt, um den Besen zu packen.

Doch da stieß ein Gänsekopf an Trillas Arm und an die Hand, in der sie den Besen hielt. Der Besen streifte den Kopf der Gans. Und – einszweidrei! – verwandelte sie sich wieder in Dynamo-Bill mit den roten Haaren und dem Holzbein (Socken hatte er keine an).

»Schnell!«, rief er. »Berühre das Birkenstämmchen dort mit dem Besen. Beeil dich! Und jetzt die anderen Gänse!«

Trilla schwenkte den Besen, sie berührte das Birkenstämmchen und die Gänse im Teich. Und aus der kleinen Birke wurde wieder Lotty in ihrem weißen Kleid, und die anderen Gänse verwandelten sich in vier Jungen aus dem Dorf, Peter, Mark, Fred und Sandy, die seit vielen Monaten vermisst waren und die man im Dorf schon verloren gegeben hatte.

Frau Hasskunst stieß einen lauten Wutschrei aus.

»Berühre sie selbst!«, riefen die Jungen. »Und ihr Haus, und ihr Haus!«

Als Trilla die Hexe mit dem Besen berührte, verwandelte sie sich in einen Stein, und der Stein rollte in den Weiher und fiel und fiel. Und er hat bis heute nicht aufgehört zu fallen, denn der Weiher hat keinen Boden. Und das kleine dunkle Haus wurde zu einem Freudenfeuer, das hoch zum Himmel aufloderte und feurige Funken sprühte.

Über den schmalen, schlammigen Weg gingen die Mädchen und Jungen rasch zum Dorf zurück. Im Gehen tippte Trilla alle Dornbüsche mit ihrem Besen an, und es gab ein Geglitzer und Gefunkel, als säßen Schwärme von Glühwürmchen in den Zweigen.

Und die Mädchen und Jungen sangen:

Wisch nur weg das Dunkel,
fege weg die Nacht,
lass keinen Schatten hier,
denn wenn sie gegangen ist,
du deine Gans als Schwan jetzt siehst.

Und auch Lotty sang mit. Denn jetzt konnte sie genauso gut sprechen und singen wie alle anderen.

Die Mädchen gingen zurück zu ihrem Laden und hängten den neuen Besen auf. Da hängt er immer noch, denn keiner will ihn haben.

Lotty heiratete ihren Dynamo-Bill, und Trilla heiratete Fred.

Die Frau Hasskunst aber hat niemand mehr wieder gesehen.

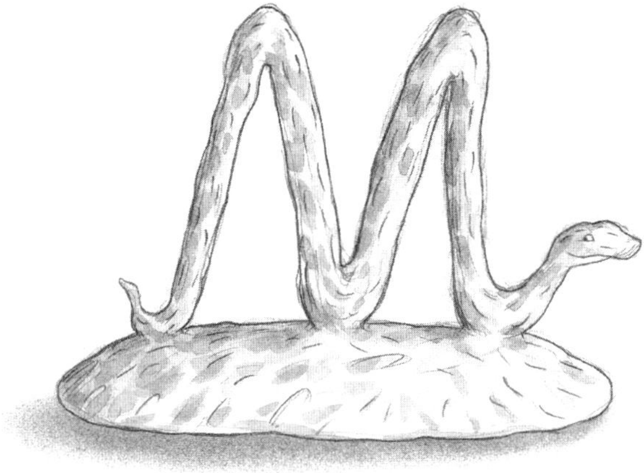

Melusina

Ein Briefträger namens Frank Potts war einmal mit seiner Postkarre unterwegs und gerade vor dem Schloss von Mercia angekommen, als die Königin von Mercia in ihrem Schlafzimmer im zweiten Stock niesen musste.

Nun mögt ihr denken, dass das eine mit dem anderen nicht viel zu tun hat, aber das wäre falsch gedacht.

Die Königin hatte in diesem Augenblick nämlich ihre Duftkugel in der Hand. Diese Kugel war ungefähr so groß wie ein Tennisball und aus hartem goldgelbem Holz gemacht, hatte viele kleine Löcher und ließ sich aufschrauben. Sie war gefüllt mit Rosenblütenblättern, Lavendel, Zitronenschale, Duftölen und einem Pulver aus gemahlenen Fischgräten. Das roch sehr gut – fand jedenfalls die Königin –, und sie schnupperte gerade genüsslich, als ihr der Nieser entfuhr.

Die Duftkugel flog ihr aus der Hand und in hohem Bogen durchs offene Fenster, wo sie glücklicher- oder unglücklicherweise in Frank Potts' Postkarre landete. Die Postkarre hatte auf jeder Seite einen Korb, und bei Regen konnte man über die Körbe wasserfeste rote Lätze hängen. An diesem Tag aber war schönes Wetter. Der eine Korb war voller Briefe und Päckchen, in dem anderen lag, in rosa Decken gewickelt, Franks Tochter Melusina.

Als die Duftkugel geflogen kam, stand Frank gerade auf der Freitreppe vor dem Königsschloss und händigte dem Haushofmeister einen Packen Briefe aus. Deshalb sah er nicht, wie die Kugel in den Korb fiel, und der Haushofmeister sah es auch nicht.

Franks Tochter Melusina sah die Kugel wohl, aber sie war gerade erst ein Jahr und konnte noch nicht sprechen. Sie krähte fröhlich, hielt die Kugel an die Nase, freute sich, wie gut sie roch, und vergaß sie wieder. Die Kugel rutschte nach unten zwischen die rosa Decken. Ihr Vater trabte die Freitreppe hinunter und sauste wieder los, erst zum Haus des Premierministers und dann weiter durch die ganze Stadt. dass Streifenwagen der Polizei auf allen Straßen hin und her flitzten, fiel ihm nicht weiter auf, weil Streifenwagen das immer so machen.

»Fährst du gern mit Papa spazieren, Herzchen?«, fragte er seine Tochter, und die strahlte ihn an, denn sie ließ sich wirklich gern in der Postkarre spazieren fahren. Meist war sie tagsüber bei ihrer Großmutter (denn ihre Mutter war auf einer Raumfahrtmission unterwegs). Heute Vormittag aber war die Großmutter ins Krankenhaus gefahren, um ihr Hörgerät reparieren zu lassen, deshalb hatte Frank die kleine Melusina einfach mit auf seine Tour genommen.

Als sie nach Hause kamen, sagte die alte Mrs. Potts: »Na, das ist aber nett! Da hat dir jemand ein hübsches Bällchen geschenkt«, und sie legte die Duftkugel zu den anderen Sachen in die Spielzeugkiste, wo sie nach einer Weile verloren ging, wie das Spielsachen so an sich haben.

Und so kam es, dass weder Frank noch Melusina oder ihre Großmutter jemals erfuhr, dass die Königin von Mercia die Person, die mit ihrer Duftkugel auf und davon gegangen war, mit einem Fluch belegt hatte.

Die Königin von Mercia war eine Hexe. Keine richtig böse Hexe, aber sehr, sehr eitel. Als Kind war sie sehr hübsch gewesen, und als sie groß war, nannten die Leute sie ›Die schönste Königin der nördlichen Welt‹, und das wollte sie auch bleiben.

Die Duftkugel war ein Zauberspielzeug, das die Königin von ihrem Paten, dem König der Meere, geschenkt bekommen hatte. »Wenn du jeden Morgen an dieser Kugel schnupperst, mein Honigtäubchen«, hatte er zu ihr gesagt, »wirst du bis ans Ende deiner Tage eine strahlende Schönheit sein.«

Und deshalb stieß die Königin, als sie geniest hatte und die Kugel durchs Fenster davongeflogen war, einen Wutschrei aus, drückte den Alarmknopf im Schlafzimmer, schickte ihre Zofe nach dem Haushofmeister, der sich draußen umsehen sollte, und befahl der Polizei, die ganze Stadt nach der Duftkugel abzusuchen.

Und als das nichts brachte, belegte sie den Finder mit einem schrecklichen Fluch.

»Ich kann die Person, die sich meine Kugel geschnappt hat, nicht hindern, daran zu riechen und schön zu werden«, sagte sie. »Dagegen kann ich nichts machen. Aber eins kann ich tun: Einmal in der Woche, immer sonntags, soll diese Person sich in eine rosa Schlange verwandeln, die jeden Sonntag ein Stück wächst, bis ich meine Kugel zurückbekommen habe. Und außerdem soll diese Person einen Schluckauf kriegen, sobald sie einen Apfel isst. Und andauernd Laufmaschen in ihren Strumpfhosen haben. Und immer abblätternden Nagellack und verschmierten Lippenstift. Und sie soll ihre Bahncard und ihre Kontaktlinsen verlieren. Und ein Gerippe heiraten. Und –«

Der Fluch wäre noch viel länger geworden, wenn die Königin nicht in diesem Augenblick erneut hätte niesen müssen. Während der Kirschblüte hatte sie immer Heuschnupfen.

Und nach altem Brauch darf man, wenn man mitten in einem Fluch aufgehört hat, nicht noch mal anfangen.

»Das reicht doch bestimmt schon, um denjenigen oder diejenige ausfindig zu machen«, seufzte der König, der ein gutherziger Mann war. »Wenn jemand deine Kugel gefunden hat, bekommst du sie sicher bald zurück. Woher sollen die Leute denn wissen, wem sie gehört? Du musst eine Anzeige in den *Neuesten Mercia-Nachrichten* aufgeben.«

Indessen war Prinz Carol, den Daumen im Mund, ins Zimmer gekommen. Er war drei.

»Was ist ein Gerippe?«, fragte er.

»Ein Mensch, der nur aus Knochen besteht«, fuhr die Königin ihn gereizt an, während sie sich besorgt im Spiegel besah. »Nimm den Daumen aus dem Mund!«

Die Zeit nahm ihren Lauf. Der Briefträger Frank hörte nie Nachrichten, las keine Zeitungen und sah nicht fern. Unter der Woche hielt ihn das Postausfahren in Atem, und sonntags ging er angeln. Die alte Mrs. Potts bekam ihr Hörgerät erst nach Wochen repariert zurück, und bis dahin war über all den neuen Schiffsuntergängen, Erdbeben und Kriegen die Sache mit der Duftkugel der Königin in Vergessenheit geraten.

Für die kleine Melusina war der Fluch nicht sehr schlimm. Sie trug keine Strumpfhosen, lackierte sich nicht die Fingernägel und benutzte keinen Lippenstift. Dass sie vom Apfelessen einen Schluckauf kriegte, störte sie nicht. Sie hatte keine Bahncard, und für Kontaktlinsen war sie zu jung. Und dass sie sich sonntags in eine rosa Schlange verwandelte, fanden ihre Großmutter und ihr Vater zuerst schon ein bisschen eigenartig, aber sie gewöhnten sich schnell daran, denn wenn die Sonne untergegangen war, wurde sie ja immer wieder zu dem hübschen kleinen Mädchen, das sie kannten.

»Das muss ein Erbteil deines Vaters sein«, sagte Großmutter Potts zu Frank. »Rosa Schlangen – in *meiner* Familie gab's so was nicht!«

So vergingen die Jahre. Die Wochenenden verbrachte Frank mit Melusina an einem entlegenen Strand, den sie fast ganz für sich allein hatten. Beiden war es lieber so. Frank musste unter der Woche genug mit den Leuten auf der Straße reden und war froh, wenn er seine Ruhe hatte, und Melusina hatte inzwischen gemerkt, dass die meisten Menschen Angst vor Schlangen haben. Sie war ein gutes Kind und wollte nicht, dass jemand sich ihretwegen erschreckte. Frank hatte eine kleine Strandhütte gebaut,

dorthin fuhr er am Samstagabend mit seiner Tochter, und wenn am Sonntag die Sonne untergegangen war, kehrten sie in die Stadt zurück. Und deshalb wusste keine von Melusinas Schulfreundinnen, dass sie sich sonntags in eine Schlange verwandelte.

Inzwischen war sie ein hübscher Teenager geworden und als Schlange schon ziemlich groß. Bald würde sie nicht mehr in die Hütte passen, und Frank machte sich beim Angeln so seine Gedanken darüber, während Melusina sich rosarot in der Sonne durch den Sand ringelte oder vergnügt im Meer planschte.

Und die Holzkugel? Die hatten sie längst vergessen.

Manchmal sahen sie am anderen Ende des Strands eine tiefschwarz gekleidete Dame mit verschleiertem Gesicht, die traurig aufs Meer hinaussah und sich kaum einmal von dem Stein wegbewegte, auf dem sie saß.

»Wir wollen sie in Ruhe lassen«, sagte Frank zu Melusina. »Sie muss einen großen Kummer haben.«

Und so blieben sie für sich an ihrem Ende vom Strand.

Im Lauf der Jahre aber rückte die Dame immer näher, und ab und zu guckte sie zu Frank hin, als ob sie ihn gern angesprochen hätte.

An einem Herbsttag – Melusina war gerade siebzehn geworden – setzte zwei Stunden vor Sonnenuntergang ein kalter Regen ein. Melusina störte das nicht. Sie schwamm weit hinaus und schnellte mit ihrem rosaroten Ringelleib durch die aufgewühlte See.

Frank aber, der nicht mehr der Jüngste war und auf seinen Postgängen öfter nass wurde, als ihm lieb war, ging in die Hütte und brühte eine Kanne Tee auf. Dann trat er wieder vor die Tür und winkte der Dame in Schwarz, die müde am Strand entlangging. Er war fast ein bisschen überrascht, als sie ihm zunickte und langsam näher kam.

So vornehm, wie sie aussieht, dachte Frank (auch wenn er ihr Gesicht unter dem Schleier nicht erkennen konnte), muss sie eine sehr hochstehende Dame sein.

»Ich wollte fragen, ob Sie bei diesem ungemütlichen Wetter vielleicht Lust auf eine Tasse Tee hätten«, sagte er.

»Ja, gern, vielen Dank«, antwortete sie.

Die Dame kam in die Hütte und trank eine Tasse Tee, ohne den Schleier zurückzuschlagen.

»Gehört die rosa Schlange da Ihnen?«, fragte sie und sah durch die offene Tür zu Melusina hin, die vergnügt in den Wellen herumhüpfte.

»Ja, das ist meine Tochter. Sonntags verwandelt sie sich immer in eine rosa Schlange.«

»Soso … Und hat sie zufällig eine Holzkugel mit Löchern drin?«

Frank kratzte sich am Kopf. »Also wenn Sie mich so frage … Ich glaube, als sie ganz klein war, hab ich so eine Kugel mal bei ihr gesehen, aber die hat sie wohl verloren. Ist wohl ins Meer gefallen. Sie wissen ja, wie das mit Spielzeug geht.«

Die Dame seufzte. Dann bedankte sie sich bei Frank für den Tee und sagte, sie müsse nun gehen.

Danach tranken sie öfter Tee zusammen und unterhielten sich ein bisschen, während Melusina schwimmen ging. Aber im Lauf der Monate wurde die Dame immer stiller und trauriger. Frank fand es schade, dass sie ihm ihren Kummer nicht anvertrauen mochte, zumal er sich inzwischen ein Herz gefasst und ihr von seinen Sorgen erzählt hatte.

»Melusina ist so groß geworden, dass sie nicht mehr in die Hütte passt. Und im Winter ist es draußen am Strand zu kalt, sie friert leicht.«

Die Dame überlegte.

»Und wenn sie sich für sonntags einen Job sucht?«

»Wer gibt schon einer Schlange einen Job? Denn in einen Zoo kommt meine Melly mir nicht.«

»Nein, ich dachte eher an einen Aufseherposten. Ich werde mir die Sache durch den Kopf gehen lassen.« Und dann zog die Dame ihren Schleier fester um den Kopf und ging davon.

Wenige Tage später sprach Mr. Watts, der Polizeichef von Mercia, Frank auf der Straße an.

»Hab gehört, dass Ihre Tochter sonntags eine Schlange ist. Ich hätte da einen Job als Schlossaufseherin frei …«

Frank staunte nicht schlecht, aber Mr. Watts erläuterte: »Am Sonntag steht das Schloss leer. Dem armen alten König geht es sehr schlecht, er liegt im Krankenhaus, und am Sonntag ist Prinz Carol, sein Sohn, bei ihm. Und die Königin geht sonntags ihrer eigenen Wege, und das Personal hat frei. Aber im Schloss gibt es viele kostbare Dinge, letzte Woche waren Einbrecher da und haben den Schmuck der Königin mitgenommen. Wenn Ihre Tochter am Sonntag im Schloss ein bisschen die Augen aufhalten könnte … nur von Sonnenaufgang bis Sonnenuntergang …«

Gesagt, getan. Sonntags kurz vor Sonnenaufgang setzte Frank Melusina am Schloss ab, und den ganzen Tag glitt sie als rosa Schlange lautlos durch die leeren Räume und Gänge. Sie hatte Freude an den schönen Sachen, den Bildern und Figuren, dem Porzellan, Gold und Marmor. Zweimal schnappte sie Diebe: An die schlängelte sie sich lautlos heran und umschlang sie blitzschnell mit fünf, sechs rosa Windungen, so dass sie nicht entkommen konnten. Nachdem das bekannt geworden war, hätte sich im Umkreis von tausend Meilen kein Einbrecher mehr getraut, auch nur die Nase durch ein königliches Fenster zu stecken.

Als Melusina an einem Sonntag kurz nach Sonnenuntergang die Freitreppe des Königsschlosses herunterkam, begegnete sie einem jungen Mann, der gerade nach oben wollte. Das war Prinz Carol, der seinen Vater im Krankenhaus besucht hatte und sehr traurig und sorgenvoll dreinsah.

Doch als sein Blick auf Melusina fiel, erhellte sich seine Miene.

»Hallo! Wer bist denn du?«, fragte er.

»Ach, ich… ich…«, stotterte sie verlegen. »Ich bin die Haushälterin.« Und sie machte sich davon, so schnell sie konnte, der Prinz aber blieb stehen und blickte ihr mit großen Augen nach.

»Er hat ein so liebes, gutes Gesicht«, sagte sie zu ihrer Großmutter, als sie wieder zu Hause war.

»Dass du nur nicht vergisst, wohin du gehörst«, mahnte die. »Ein Prinz und ein einfaches Mädchen – das passt nicht zusammen. Und schon gar nicht, wenn das Mädchen sich sonntags in eine rosa Schlange verwandelt. In Zukunft nimmst du besser den Hintereingang und achtest darauf, dass du dem Prinzen nicht noch einmal über den Weg läufst.«

Melusina versprach es, aber sie musste immer wieder an ihn denken.

Eines Tages starb der alte König, und Prinz Carol wurde Herrscher über das Land.

Und die Leute sagten: »Er muss wohl sehr um seinen Vater trauern. Wie dünn er geworden ist, der Ärmste! Nur noch Haut und Knochen!«

Nun kam Mr. Watts zu Frank und sagte: »Ihre Tochter hat uns sehr gute Dienste als Aufseherin geleistet, aber jetzt wird sie nicht mehr gebraucht. Der junge König ist sonntags daheim, da steht das Schloss nicht leer.«

Als Frank die Dame in Schwarz wieder sah, die neuerdings nicht mehr so oft am Strand war, sagte er: »Ich schicke meine Tochter ins Internat, sie soll sich noch ein bisschen weiterbilden. Das ist besser, als wenn sie daheim hockt und sich vor Gram verzehrt.«

»Sich vor Gram verzehrt?«, wiederholte die Dame. »Warum denn das?«

»Sie hat sich in einen verguckt, den sie nicht haben kann, er steht zu hoch über ihr. Deshalb soll sie lieber noch was lernen.«

»Soso«, sagte die Dame, und das klang sehr nachdenklich.

In den Weihnachtsferien kam Melusina nach Hause. An einem Sonntag ging sie mit ihrem Vater an den Strand, und auch die Dame war da, verschleiert und dick in schwarze Pelze eingemummelt. Sie tranken alle zusammen Tee, denn um diese Zeit ging die Sonne früh unter, und Melusina hatte wieder ihre normale Menschengestalt angenommen. »Wie hübsch du bist, Kind«, sagte die Dame seufzend. »Sehr hübsch. Sag mal, was machst du denn sonntags im Internat?«

»Da verstecke ich mich in der städtischen Kanalisation.«

»So? Das ist aber sicher nicht sehr angenehm.«

»Nein«, erwiderte Melusina. »Aber immer noch besser, als anderen Leuten Angst einzujagen.«

»Ja, das leuchtet mir ein«, nickte die Dame. »Sag, Kind, würdest du meinen Sohn heiraten?«

»Ihren Sohn?«, staunte Melusina. »Wieso?«

»Weil er sich so unbändig in dich verliebt hat, dass er zu einem Gerippe abgemagert ist. Und wenn du ihn nicht heiratest, stirbt er mir womöglich noch.«

»Aber – wer ist denn Ihr Sohn? Kenne ich ihn?«

»Es ist der König.«

Melusina wurde von Kopf bis Fuß so rosarot, wie sie sonst nur als Schlange war. Und dann sagte sie: »Aber dan … dann müssen Sie die Königinmutter sein.«

»Ja.«

»Und … und …weiß Ihr Sohn, dass ich mich sonntags in eine Schlange verwandele?«, fragte Melusina.

»O ja, ich habe es ihm erzählt«, erwiderte die Königin und fuhr bekümmert fort: »Es tut mir sehr Leid, aber das ist meine Schuld. Ich habe dich nämlich mit einem Fluch belegt. Ach, was war ich damals doch töricht und eitel!«

Und sie erzählte die Geschichte von der Duftkugel.

»Wie dumm, dass ich sie verloren habe«, sagte Melusina. »Ich hatte ja keine Ahnung … Sonst hätte ich sie Ihnen doch sofort zurückgegeben. Aber … aber sind Sie denn nun hässlich geworden, als Sie die Kugel nicht mehr hatten?«

Schüchtern sah sie die Dame an. Die zögerte noch einen Augenblick, dann schlug sie den Schleier zurück.

Frank und Melusina schnappten hörbar nach Luft.

»Aber … aber Sie sind ja wunderschön. Die Allerschönste im ganzen Land!«

»Wie merkwürdig«, sagte die Königin. »Ich habe seit Jahren nicht mehr in den Spiegel gesehen. Jetzt ist es mir nicht mehr wichtig. Ich wünschte nur, ich könnte etwas tun, damit du nicht jeden Sonntag eine Schlange werden musst, du armes Kind. Wenn doch mein Pate wieder einmal vorbeikäme! Aber seit er mir die Kugel geschenkt hat, habe ich ihn nie mehr zu Gesicht bekommen.«

»Also wenn es Prinz Carol – ich meine den König – nicht stört«, sagte Melusina, »macht es mir auch nichts aus. Und … und ich freue mich sehr darauf, ihn wieder zu sehen.«

So gingen sie denn schnell zurück ins Schloss, und Melusina

wurde mit König Carol getraut, der so blass und dünn war, dass ein Windstoß ihn hätte umblasen können.

Nach ein paar glücklichen Wochen aber hatte er sich wieder ganz erholt.

»Und es stört dich wirklich nicht, dass ich sonntags zu einer rosa Schlange werde?«, fragte Melusina ihren Mann.

»Unsinn, Liebling! Wir haben doch alle unsere kleinen Eigenheiten. Und vielleicht bringt ja auch eines Tages jemand Mutters Kugel zurück.«

Darauf aber warten sie bis heute vergeblich …

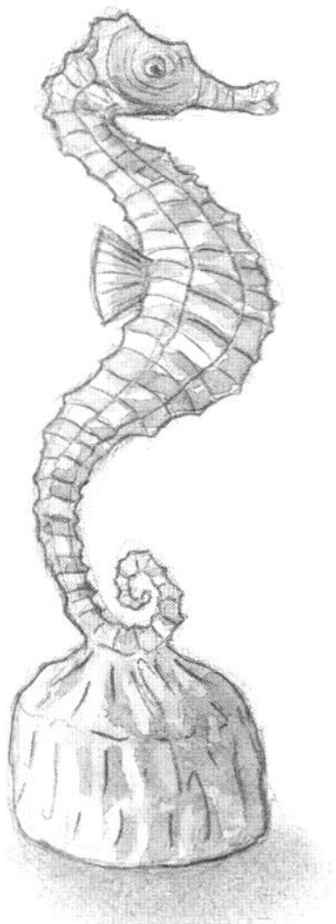

Ein Korb voll Wasser

Es war einmal eine Matrosin, die hieß Josslyn Auf-dem-Meer. An Land hatte sie sich in allen möglichen Berufen versucht; sie war Kellnerin gewesen und Busschaffnerin, Briefträgerin und Taxifahrerin, aber so recht gefallen hatte ihr das alles nicht. Sie mochte keine Häuser und Mauern, sie sehnte sich nach Freiheit und Weite und hohem Himmel. Und deshalb ging sie zur Marine, fuhr als Matrosin zur See und war sehr glücklich dabei.

Eines Tages aber, als sie die Nachtwache hatte und ganz allein am hinteren Ende des Schiffes stand, während das Kielwasser durch die Dunkelheit rauschte wie die silbrige Schleppe an einem Hochzeitskleid, sah sie einen stattlichen Männerkopf aus den Wellen auftauchen. Auf dem Kopf saß eine goldene Krone, und unter der Krone sahen sie sehnsuchtsvoll zwei glänzende Augen an, die waren tief wie das Meer. Ein Schwarm rosafarbener und grüner Delphine umkreiste ihn. Und dann hörte Josslyn ihn singen:

O willst du nicht dein Jawort geben,
mein Leben teilen, Braut mir sein
und in den goldnen Wäldchen leben,
wo Flut sanft wiegt und biegt den Hain
und von Korallentellern speisen,
trinken mit mir aus dem Bernstein-Pokal,
Delphine dort in Menuetten kreisen,
glitzernde Seesterne allüberall?

»Wer bist denn du?«, fragte Josslyn.

»Ich bin Neptun, der König der Meere«, sagte er. »Man nennt mich auch Poseidon. Willst du mit mir kommen und mein Leben teilen, schöne Matrosin? Ich will dir Dinge zeigen, von denen du dir nie hättest träumen lassen … Und ich will dich lieben, bis die Vögel rückwärts fliegen und die Fische verkehrt herum schwimmen und man Wasser in einem Korb tragen kann.«

Wer hätte da widerstehen können?

Ja, sagte Josslyn, sie würde mitkommen, und versprach ihm dasselbe. Und dann tauchte sie in die Fluten und wurde König Neptuns Frau.

An Bord hinterließ sie eine große Lücke, denn sie war eine besonders tüchtige Kraft und schon zur Beförderung vorgeschlagen.

Zuerst hielt König Neptun getreulich alles, was er versprochen hatte. Er zeigte seiner Frau märchenhafte Wälder mit goldenen Bäumen, an deren Zweigen die prächtigsten Juwelen hingen. Er zeigte ihr rote, rosafarbene und weiße Korallengrotten, aus denen freundliche Heringshaie geschwommen kamen, um mit ihr zu schmusen. Er schenkte ihr ein Schloss mit Perlmuttfenstern und einem Dach, das mit silbernen Schuppen gedeckt war. Er fuhr sie in seiner von zwei weißen Seepferdchen mit goldenen Hufen und Schuppenschwänzen gezogenen Kutsche spazieren. Nixen sangen ihr etwas vor und spielten mit Schneckenmuscheln und Seehörnern aus Korallen und Perlen für sie auf.

Nach einiger Zeit bekam Josslyn Zwillinge, zwei niedliche kleine Jungen, die Neptun Idas und Lynkeus nennen wollte, aber das passte Josslyn nicht. Sie nannte die Kleinen Mat und Rod. Die beiden hatten große perlfarbene Muscheln als Wiegen und wurden mit weichen Schaumbetten zugedeckt.

Wieder verging einige Zeit, da fing Josslyn an, sich zu langweilen. Sie wurde nervös und reizbar.

»Ich habe hier nicht genug zu tun«, sagte sie zu Neptun. »Ich brauche eine Aufgabe.«

Da schlug König Neptun ihr vor, sie solle sich um die Gezeiten kümmern. »Wenn du diesen Hahn hier aufdrehst, gibt es Flut, mit dem anderen gibt es Ebbe.« Außerdem übertrug er ihr die Aufsicht über die Strudel und Wasserhosen.

Josslyn fand immer noch, dass sie nicht genug zu tun hatte. Hunderte von Meerjungfrauen, Nereiden und Nixen umsorgten die Zwillinge, so dass Josslyn sie von einer Flut zur nächsten kaum zu Gesicht bekam.

Besonders die Unordnung am Meeresboden störte sie täglich mehr. Alles trieb und wogte unablässig durch die Gegend, nichts

blieb an seinem Platz, alles veränderte ständig die Form, driftete weg oder wurde im Sand begraben.

Weil Josslyn sehr ordnungsliebend war, ging ihr das furchtbar auf die Nerven. Bei ihr musste alles immer aufgeräumt und wie geleckt sein.

Neptun war zwar lieb zu ihr, aber er war auch sehr zerstreut. Manchmal ließ er sich wochenlang nicht sehen.

»An den Polen«, antwortete er unbestimmt, wenn sie ihn fragte, wo er gewesen sei. »Das wär nichts für dich. Sehr dunkel unter dem Eis und furchtbar kalt.«

Josslyn war heilfroh, dass sie da nicht hin musste.

Manchmal ging er auch los, um einen Taifun oder einen Hurrikan in Gang zu setzen.

»Das wär auch nichts für dich«, sagte er. »Furchtbar laut.«

Mit der Zeit störte sich Josslyn auch an seinem Aussehen. Neptun hatte einen langen, dichten, strähnigen Zottelbart, der, wenn er sang oder lachte – und eins von beidem tat er meist –, wild um ihn herumwogte. Seine Zehen- und Fingernägel waren unheimlich lang und scharf wie Rasierklingen. Er war schrecklich schlampig. Wenn er Austern aß, warf er die Schalen auf den Meeresboden. Josslyn war ständig mit einem Perlmutthandfeger und einer Kehrschaufel hinter ihm her.

»Mach dir doch nicht so viel Arbeit«, sagte er. »Sie stören niemanden, und im Handumdrehen sind sie sowieso im Sand verschwunden, oder das Wasser hat sie weggespült.«

Eines Nachts, als Neptun schlief, nahm Josslyn eine glänzende Perlmuttschere und schnitt ihm den Bart ordentlich zurecht. Und weil sie gerade dabei war, schnitt sie ihm auch die Zehen- und Fingernägel.

Mit einem lauten Schrei wachte Neptun auf.

»Weshalb um alles unter der See hast du das gemacht?«

»Es sah so unordentlich aus.«

»Na, da hast du was Schönes angestellt! Jetzt sind wir Idas und Lynkeus los!«

»Rod und Mat«, verbesserte sie. »Aber warum denn?«

»Weil du meinen Bart gestutzt hast, haben sie ihre Amphibiengestalt verloren.«

»Was ist eine Amphibiengestalt?«

»Die Fähigkeit, unter Wasser zu leben. Jetzt müssen sie aufs feste Land.«

Und so gaben sie notgedrungen Mat und Rod zu Josslyns

Großmutter, die in einem kleinen Dorf im englischen Norfolk lebte.

Die beiden sehnten sich sehr nach ihrem Vater und schickten ihm Briefe per Flaschenpost, aber die waren immer sehr lange unterwegs, und meist vergaß er, sie zu beantworten. Auch nach ihrer Mutter sehnten sie sich, aber nicht so sehr.

(Bald hatten sie ihre eigenen Sorgen, aber das ist eine andere Geschichte.)

Dann fing Josslyn an, sich über die Haie zu beschweren.

»Einer hat nach mir geschnappt, stell dir das vor. Kannst du ihnen nicht beibringen, Seetang zu fressen? Der Strand sieht so schlampig aus, wenn das Zeug da in Haufen herumliegt. Und neulich hat der alte Tintenfisch, der vor dem Schlosstor wohnt, einen Fangarm um meinen Knöchel gekringelt. Ich hab ihn tüchtig mit meiner Schere piken müssen, damit er losließ.«

Zuerst hörte sich König Neptun ihr Gequengel geduldig an, erklärte aber gleich sehr bestimmt, dass kein Hai jemals Seetang fressen würde.

Eines Tages passte ihr dann auch an den Walen etwas nicht mehr.

»Von diesem grässlichen Gedröhn, Gesumm und Gebrumm wache ich jede Nacht auf, wenn ich gerade im ersten Schlaf bin. Kannst du ihnen nicht sagen, dass sie das lassen sollen?«

»Aber das ist ihr Lied, meine Nereide«, sagte Neptun, der den Gesang der Wale sehr gern hörte.

»Dann sollen sie gefälligst anderswo singen.«

Schließlich wusste Neptun sich nicht anders zu helfen, als die weißen Seepferdchen mit den goldenen Hufen und Mähnen an-

zuschirren und zu seiner Mutter zu fahren. Das war eine alte Seegöttin namens Rhea, die fern am Ende der Gezeiten wohnte.

»Sie quengelt ohne Ende, Mutter«, sagte er. »Was soll ich bloß machen?«

»Das mit Josslyn war von Anfang an ein Fehler, mein Junge. Es wäre viel besser gewesen, wenn du Thetis geheiratet hättest.«

»Und was fange ich mit der hier an?«

»Du könntest sie in ein kläffendes Monster mit sechs Köpfen und zwölf Füßen verwandeln. Dazu brauchst du ihr nur Zauberkräuter ins Bad zu tun. So hast du es, wenn ich mich recht erinnere, mit deiner letzten Frau gemacht.«

»Nein«, sagte er bedrückt, »das möchte ich nicht. Josslyn ist so hübsch. Nur habe ich ihr dummerweise geschworen, sie zu lieben, bis die Fische verkehrt herum schwimmen.«

Rhea gähnte, und eine gewaltige Flutwelle schwappte um die halbe Welt. »Und das solltest du nicht zuwege bringen? Du bist doch sonst nicht so einfallslos!«

Er kratzte sich am Kopf. In den Mangrovensümpfen wedelten alle Mangroven mit den Zweigen. »Vielleicht kriege ich es mit einem Vulkan hin«, sagte er nachdenklich. »Einem erstklassigen Unterwasservulkan. Hm … Ich schiebe gleich mal einen ins Rohr.«

Er schob einen großen, fertig gekneteten Vulkan unter die Südsee und ließ ihn langsam gehen, bis er aufplatzte.

Es gab einen fürchterlichen Knall. Millionen Tonnen Wasser spritzten hoch, der Himmel verdunkelte sich. Fische flogen mit dem Bauch nach oben gen Himmel und stießen gegen die Vögel, und die Vögel wurden herumgeschleudert, bis ihre Schwanzfedern hochkant standen. Die ganze Welt vom Nordpol zum

Südpol spürte die Schockwelle. Kirchtürme stürzten ein, und die Baumeister hatten für die nächsten siebzig Jahre mehr als genug zu tun. Springfluten überschwemmten die Küsten, und kahle Wüsten landeten hoch oben auf den Bergen.

Und König Neptun ging zu seiner Frau Josslyn und sagte: »Die Sache ist die, mein Herz, dass ich dich nicht mehr liebe. Ich glaube, wir haben von Anfang an nicht recht zusammengepasst.«

»Ganz meine Meinung«, bestätigte sie. »Hier in der See komme ich mir schrecklich eingesperrt vor. Auf See fühle ich mich bedeutend wohler. Wir haben uns wohl beide mehr versprochen, als wir halten konnten. Aber nichts für ungut. Und entschuldige bitte, dass ich dir den Bart beschnitten habe.«

Sie legte ein Seetangkörbchen mit Perlmuttfolie aus, schöpfte darin Wasser und reichte es ihm.

»Der Bart wächst ja wieder nach«, sagte er und trank. »Wenn du willst, schicke ich dir gern jeden Monat eine Tonne Perlen für die Ausbildung der Zwillinge.«

»Bloß nicht! Wo sollten sie denn mit den vielen Perlen hin? Trotzdem schönen Dank, es war lieb gemeint.« Und sie umarmte ihn zum Abschied.

Dann reiste sie in das Dorf in Norfolk, um die Zwillinge zu besuchen, die ihr doch sehr gefehlt hatten. Aber als sie sah, dass sie unter der liebevollen Obhut ihrer Großmutter gut gediehen, ging sie wieder zur See, und fünf Jahre später war sie Admiral.

Sie lehnt sich oft über die Reling und winkt König Neptun zu, wenn er in seiner goldenen Kutsche mit den goldbehuften Seepferdchen an ihr vorbeirauscht.

Und er schickt ihr zum Gruß eine sanfte Welle.

Als die Pterosaurier kamen

Die alte Frau Auf-dem-Meer führte ein sehr geregeltes Leben.

»Das muss sein«, sagte sie immer, »wenn man seine Arbeit schaffen will und noch zwei Enkel zu versorgen hat.«

Die Enkel hießen Mat und Rod. Ihre Mutter fuhr zur See, und ihr Vater war ein Wassergeist, genau genommen war er der höchste aller Wassergeister, der König der Meere. Und deshalb lebten die Jungs bei ihrer Großmutter. Nach jeder Seereise kam die Mutter von Mat und Rod bei ihnen vorbei, aber manchmal war sie viele, viele Monate unterwegs.

Frau Auf-dem-Meer stand jeden Morgen Punkt sieben auf, ging vors Haus, nickte dem Morgenstern zu, winkte den Raben, die den Kirchturm umkreisten, melkte die Ziege und fütterte die Hühner. Danach hörte sie die Nachrichten. Um acht bekamen die Jungs ihr Frühstück: wachsweiche Eier und Toast mit Butter.

»Auf dem Schulweg müsst ihr heute die Augen offen halten«, sagte sie eines Morgens. »Sie haben es vorhin im Radio gebracht, in den Acht-Uhr-Nachrichten. Vom Mars ist eine Ladung Gondwana-Monster auf unser Dorf gekippt worden, mit denen ist bestimmt nicht zu spaßen.«

»Gondwana-Monster?«

Die Jungs hörten mit dem Eieressen auf.

»Wilde Tiere, wie es sie vor Millionen von Jahren in Gondwanaland gab.« Frau Auf-dem-Meer kniff die Lippen zusammen und schüttelte den Kopf. »Danach waren sie irgendwie auf dem Mars gelandet, und dort wollte man sie wohl loswerden. Riesenschlangen, gezähnte Flugechsen, Polacanthus, Stegosaurier, Iguanodons und Mammuts. Was fällt denen vom Mars eigentlich ein, ihre unliebsamen Monster ausgerechnet uns aufzuhalsen?«

Am Himmel war schrilles Kreischen und Pfeifen zu hören, vom Dorfplatz hallten dumpfe Schläge herüber.

»Erst wird zu Ende gefrühstückt«, sagte Frau Auf-dem-Meer zu den Jungs, die schon ganz aufgeregt waren. »Dann macht ihr eure Betten, putzt die Zähne und packt eure Hefte und Pausenbrote ein. Bis der Schulbus kommt, habt ihr dann noch Zeit genug, euch die Monster anzusehen.«

Wenn Frau Auf-dem-Meer das Frühstücksgeschirr weggeräumt hatte, umrundete sie immer dreimal barfuß den Dorfplatz, um deutlich zu machen, dass er Gemeindeland war und die Dörfler das Recht hatten, dort ihre Ziegen und Gänse weiden zu lassen. »Denn sonst«, sagte Frau Auf-dem-Meer, »rückt eines Tages einer dieser Schlaumeier aus der Stadt hier an und hat ratzfatz unseren schönen Dorfplatz zugebaut.«

Heute sah Frau Auf-dem-Meer bei ihrem Rundgang ein großes Huftier von wunderlichem Aussehen – ein Astrapotherium –, das seine Schnauze an einem Briefkasten rieb, ein Erdferkel, das nachdenklich an einem Motorrad herumbiss, und einen Polacanthus mit einer Stachelreihe auf dem Rücken, der eine Mülltonne leerschlürfte.

Nach ein paar Tagen war das Dorf nicht wieder zu erkennen.

Die Monster hatten die Landschaft völlig aus der Form gebracht, Hügel eingeebnet und Häuser platt gemacht. Sie wirkten gelangweilt und reizbar und ziemlich ausgehungert. Vielleicht war die Kost nicht so, wie sie es vom Mars her gewohnt waren. Pterosaurier flogen herum, ließen die Mäuler mit den furchterregenden Zahnreihen zuklappen und schlugen mit den großen ledrigen Flügeln. Hin und wieder schnappten sie sich einen Menschen. Ameisenbären schlichen verdrossen umher. Riesenschildkröten walzten das Korn flach. Mammuts fraßen die Hecken ab.

Schon mehrere Dorfbewohner waren spurlos verschwunden.

Frau Vickers berief eine Versammlung ein. Sie war die Nachbarin von Frau Auf-dem-Meer, aber ihr Haus war viel größer, denn ihr Mann war Bankdirektor.

»Wir müssen einen Turnus festlegen«, verkündete sie.

»Einen Turnus wofür?«, fragte Mr. Brook, der Briefträger.

»Was ist ein Turnus?«, fragte Mat.

(Weil Frau Auf-dem-Meer nicht selber zu der Versammlung gehen konnte, hatte sie die Jungs hingeschickt und ihnen eingeschärft, genau aufzupassen und ihr haarklein zu erzählen, was beschlossen worden war.)

»Eine Liste der Leute, die wir den Monstern zum Fraß vorsetzen wollen. Ordentlich der Reihe nach. Gewöhnlich fressen sie einen Menschen pro Woche. Wenn wir sie ruhig halten wollen, muss eine Liste her. Eine alphabetische Liste logischerweise. Einmal in der Woche, sagen wir am Samstag, binden wir eine Person an einen Pfahl auf dem Dorfplatz, an der können die Monster sich gütlich tun, dann lassen sie die anderen in Ruhe. Und bekanntlich geht das Alphabet mit A los«, sagte Frau Vickers und guckte Mat und Rod tückisch an.

Mat und Rod hatten ein etwas gespanntes Verhältnis zu den sechs Vickers-Jungs, die Ben und Len, Ted und Ned, Tom und Urk hießen. Die Vickers-Jungs trieben den lieben langen Tag nichts als Unfug, und das endete meist damit, dass eins der Autos im Dorf kaputt war. Mat und Rod bauten gern alle möglichen Sachen, und hin und wieder gingen die Vickers-Jungs hin und schlugen die Sachen kaputt, die Rod und Mat gebaut hatten.

»Aber wenn sie nun alle Dorfbewohner aufgefressen haben?«, fragte Mr. Young, der Küster. »Was machen wir dann?«

»Bis dahin hat die Regierung bestimmt geeignete Maßnahmen ergriffen«, sagte Frau Vickers.

Da keinem etwas Besseres einfiel, wurde ihr Vorschlag angenommen.

»Am kommenden Samstag fangen wir an«, entschied Frau Vickers.

»Das macht dann einen weniger im Schulbus«, stellte Mr. Young fest und notierte: »Mat Auf-dem-Meer.«

Die Jungs gingen zum Abendessen nach Hause und erzählten ihrer Großmutter, was die Versammlung beschlossen hatte.

Zu der Versammlung hatte sie deshalb nicht kommen können, weil täglich um 15 Uhr 41 für sie Hinhörzeit war.

»Jeder Tag«, hatte sie den Jungs erklärt, »hat nämlich nur eine einzige ruhige Minute. Und wenn man in der richtig hinhört, kriegt man ab und zu sehr nützliche Ratschläge.«

»Von wem, Großmutter?«, fragten die Jungs.

»Von den Stimmen der Alten. Ich kann sie hören, und meine Oma konnte sie hören, und wenn ihr beide erst mal in mein Alter gekommen seid, hört ihr sie bestimmt auch.«

Aber nun sah es ja so aus, als ob die Jungs nie in das Alter von Frau Auf-dem-Meer kommen würden, weil ihr Name ganz oben auf der Liste der Leute stand, die den Monstern zum Fraß vorgesetzt werden sollten.

Und so war es ein Glück, dass an diesem Nachmittag die Alten zu Frau Auf-dem-Meer gesprochen hatten.

»Ruft doch einfach auf dem Mars an«, hatten sie gesagt.

»Auf dem Mars anrufen? Wie stellt ihr euch denn das vor?«, hatte Frau Auf-dem-Meer gejammert. Für Mat und Rod aber, die aus Drahtresten und Flintsteinen, Fiberglas und Sardinendosen die schönsten Sachen machen konnten, war das kein Problem. Sie konstruierten aus Kaffeedosen, Pillenschachteln und den Gummibändern, die der Briefträger immer vor ihrer Tür verlor, ein solargebeamtes, polarisiertes Funksprechgerät für das x-Band. Mat rief auf dem Mars an und verlangte die Leitstelle.

»Hier Mars-Zentrale. Was kann ich für Sie tun?«

»Die Sache ist die: Wir haben eine Menge Ärger mit den Monstern, die Sie auf unser Dorf gekippt haben. Könnten Sie die bitte zurücknehmen?«

»Bedaure unendlich, bedaure unendlich«, sagte der Mann von der Leitstelle. Es hörte sich an, als ob er den Mund voller Marskiesel hätte. Das lag an dem interstellaren Entschlüsselungsschutz. »Das mit den Monstern war ein Irrtum. Sehr peinlich. Schreibfehler in einer Aktennotiz. Statt *Erda* hat jemand *Erde* eingetippt. Erda ist ein kleiner, völlig unbewohnter Venusmond. Bedaure unendlich. Soll nicht noch mal vorkommen.«

»Aber dieses eine Mal ist es eben passiert. Die Monster fressen alle Leute im Dorf auf und machen unsere Berge und Bäume kaputt. Nehmt ihr sie nun zurück oder nicht?«

»Bedaure unendlich, bedaure unendlich, aber da kann ich gar nichts machen. Monster sind Einwegware. Rücknahme ausgeschlossen. Einen schönen Tag noch.«

»Können Sie uns dann nicht wenigstens einen Tipp geben, wie wir die Monster wieder loswerden?«, fragte Mat.

»Versucht's mit Krach. Widernatürlichem Krach. So was kennen die Monster nicht. Einen schönen Tag noch.«

»Widernatürlichem Krach? Was soll denn das heißen?«, grummelte Mat und legte mit einem zornigen Knall den Hörer auf.

»Wie war das?«, fragte Rod zerstreut, denn er war gerade dabei, aus einer Ölwanne, einem Hummerkorb, einem Verkehrspoller und einem Korb voll großer Nägel einen wilden Eber zu machen.

»*Du* bist ja erst mal aus dem Schneider«, sagte Mat vergrätzt. »Ich komme im Alphabet vor dir. Du hast noch zwei Wochen Zeit, ich hab nur eine. Widernatürlicher Krach – was kann das bloß sein?«

Rod griff sich ein Stück Kupferrohr, das der Gasmann ihm

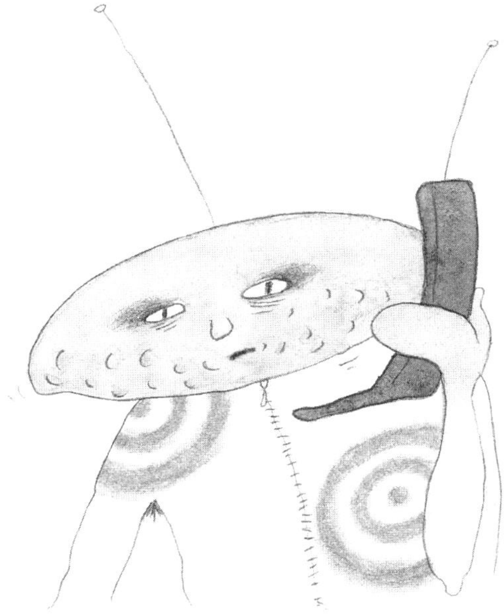

geschenkt hatte, und fuhr damit über die Nagelreihe auf dem Wildschweinrücken.

TRR-ING-NG-NG-NG-NG-IIIINNNNGGGG.

»Musik«, sagte er. »Wir müssen die Vickers-Jungs einspannen, ohne die kriegen wir das nicht hin.«

»Verstehen denn die was von Musik?«

»Nicht die Bohne. Aber wir bringen es ihnen bei.«

Und dann wagten sich Rod und Mat in das Lager des Gegners. Die Vickers-Jungs steckten wie üblich in Farmer Gostreys Scheune, schütteten sich mit Limo zu und spielten Toter Mann.

»Hey, ihr doofen Nüsse, was wollt ihr denn hier?«, brüllte Ben Vickers, der Wache schob. »Haut ab! Mit euch Mistkäfern wollen wir nichts zu tun haben.«

»Diese Woche Mat hoho«, grölte Urk über die Schulter seines Bruders hinweg, »nächste Woche Rod aha-aha-aha, bald holen euch die Monster, schmatz, schmatz.«

Urk war der größte von den Vickers-Jungs und von den sechsen der übelste Rabauke.

»Ja, und wen trifft es in der Woche drauf?«, fragte Rod. »Ich hab die Liste von Küster Young gesehen. Auf der steht euer Vater als Adsett-Vickers eingetragen. Und deshalb kommt ihr gleich vor uns.«

»W-a-a-a-s?«

»Ehrlich. Aber wir haben uns was ausgedacht. Wenn ihr's hören wollt –«

In diesem Moment flatterte ein Pterosaurier über sie hin und zeigte seine rasiermesserscharfen Zähne. Urk und Ben wurden blass.

»Los, rein mit euch in die Scheune, sonst kommt noch ein Ameisenbär und macht euch alle. Hat der Young uns wirklich als Adsett-Vickers auf der Liste?«

»Da ist sie. Seht selbst!«

Aber die Vickers-Jungs konnten allesamt nicht lesen.

»Wir haben uns Folgendes ausgedacht«, sagte Rod. »Wir müssen eine Band gründen. Eine Stahl-und-Eisen-Band. Eine Gusseisen-Band. Eine, die ganz schrecklichen Krach macht. Dazu brauchen wir Trompeten, Hörner, Schlagzeuge, Querpfeifen, Becken. Das müssen wir uns alles selber machen, und dazu haben wir nicht mehr viel Zeit – vom Üben ganz zu schweigen.«

»Üben!?«, wiederholte Urk angewidert, aber Ben sagte: »Hey, Mama hat einen Dudelsack.«

»Und wo kriegen wir Material für Schlagzeuge her?«

Plötzlich machte auch Ted den Mund auf. »Auf dem Feld da hinten steht eine dieser fahrbaren Viehtränken aus Blech. Der alte Gostrey kann nichts mehr dagegen haben, wenn wir die nehmen, den hat nämlich gestern ein Erdferkel geschnappt.«

Die Viehtränke ergab genug Material für mehrere Schlagzeuge in verschiedenen Größen. Aus Bewässerungsrohren machten sie Querpfeifen, die Pflugscharen bogen sie zu Trompeten zusammen. Die kupferne Wärmflasche von Frau Auf-dem-Meers Oma war bestens als Becken geeignet. Rod lernte das Dudelsackspielen.

Noch nie im Leben hatten die Vickers-Jungs so hart gearbeitet. Sobald sie richtige Trompeten, Querpfeifen und Becken hatten, fuhren sie aufs Musikmachen richtig ab.

Abends probten sie in der Scheune.

Die alte Frau Auf-dem-Meer kannte ein Lied, das sie immer beim Möhrenschneiden sang.

Es hatte eine sehr flotte Melodie, und die übten sie ein. Bis zum Samstag waren alle ziemlich fit, bis auf Urk, der kriegte seinen Einsatz nie richtig hin.

»Macht nichts«, entschied Rod. »Es kommt ja hauptsächlich auf den Krach an.«

Am Samstag marschierten sie im Gänsemarsch um den Dorfplatz herum. In der Mitte stand schon der Pfahl, den Frau Vickers hatte aufstellen lassen. Jetzt lauerte sie in der Telefonzelle, weil sie sehen wollte, wie Mat angebunden und von einem Monster aufgefressen wurde.

Es wimmelte nur so von Monstern, sie schienen auf die Musik

zu fliegen wie Wespen aufs Marmeladenglas: Riesenschildkröten, Dinosaurier, Triceratops und geflügelte Echsen mit scharfen Zähnen, die schwebten und kreisten und niederstießen und mit den Flügeln schlugen. Die Monster röhrten und heulten und jaulten und brummten. Von nah und fern kamen sie, es wurden immer mehr.

Die Musik aber übertönte sie alle.

»Haut drauf, Jungs!«, schrie Rod. Er tobte sich an seinem riesigen Schlagzeug aus und blies in seinen Dudelsack, dass ihm schier die Ohren abfielen. Ben und Len trompeteten, was das Zeug hielt, Urk bearbeitete das Becken, Tom ließ die Querpfeife kreischen, Ned und Ted stießen ins Horn. Mat schlug auf seine Kesselpauke und spielte gleichzeitig auf einer Mundharmonika, die er aus einem alten Toaster gemacht hatte.

Der Krach war ohrenbetäubend. Viele Leute im Dorf fanden das gar nicht gut. Unerhört, so was, meinte Mr. Young und drohte, einen Leserbrief an die *Times* zu schreiben. Mr. Brook und die alte Frau Pinpye hieben in dieselbe Kerbe.

Aber Frau Auf-dem-Meer sagte: »Guckt doch mal, ich glaube, die Monster schnurren zusammen.«

Tatsächlich: Sie erschlafften und schrumpften wie Luftballons, die ein Loch haben. Sie seufzten und sanken. Sie wankten und schwankten. Und schließlich – da waren sie nur noch so groß wie Teetassen – legten sie sich einfach hin und starben.

»Jetzt müssen wir sie auch noch begraben«, nörgelte Mr. Young.

Danach behielten die Jungs ihre Band bei. Aber sie mussten sich für ihre Proben eine viele Meilen vom Dorf entfernte Scheune suchen, weil sich Mr. Young und Mr. Vickers ständig beschwerten. (Auf die Telefonzelle mit Frau Vickers hatte sich ein Iguanodon gesetzt, ehe es eingeschrumpft war.) Und mit Urk passierte etwas ganz Komisches: Er schrumpfte genauso schnell wie die Monster und war irgendwann einfach weg.

Mat rief auf dem Mars an, um zu melden, dass der widernatürliche Krach tatsächlich geholfen hatte.

»Freut mich unendlich«, sagte Mars höflich. »Schönen Tag noch.«

Und Frau Auf-dem-Meer sagte: »Da seht ihr mal, wie gut es ist, wenn man ein geregeltes Leben führt.«

Wüstenberg

Über das Zinnen-Gebirge führte nur eine einzige schmale Straße. Es war kein sehr hohes Gebirge, aber zerklüftet und steil mit kahlen, schroffen Felswänden.

Die Straße führte in Serpentinen bergauf und oben durch ein Dorf, das Wüstenberg hieß. Manche Häuser lagen nach Norden und manche nach Süden. Eng zusammengedrängt säumten sie die Straße, die an dieser Stelle durch einen engen Pass führte.

Und warum hieß das Dorf Wüstenberg? Weil im Winter dort alles so wüst und öde ist, sagten manche. Nein, meinten andere, der Name kommt von den vielen wüsten Schlachten, die in alten Zeiten dort tobten. Denn das Massiv der Zackigen Zinnen bildete eine Grenze zwischen zwei Reichen, und wenn die Heere in den Krieg zogen, mussten sie über die Serpentinenstraße und trafen meist oben am Pass aufeinander.

An einem Spätherbsttag, als die letzten Blätter fielen und sich im Norden Schneewolken am Himmel ballten, ritt ein einäugiger Fremder die Serpentinenstraße hoch. Er hatte ein strenges dunkles Gesicht und trug einen Hut mit breiter Krempe, den er auf einer Seite tief in die Stirn gezogen hatte, um das leere Auge zu verbergen. Sein Pferd, ein mächtiger Grauschimmel, bewegte sich rasch und sicher auf seinen acht kräftigen Beinen.

Eine halbe Meile vor dem Dorf saß der Reiter ab.

»Jetzt kannst du dich ausruhen, alter Freund«, sagte er und tätschelte sein Ross. »Träum was Schönes, bis wir uns wieder sehen.«

Damit faltete er das Pferd zu der Größe eines Taschentuchs zusammen und überließ es dem Wind. Eine Bö wehte es über die nächste Klippe in die Tiefe.

In der Ferne hörte man Donnergrollen, Blitze zuckten um den Kopf des Reiters, und ein Schwarm von Vögeln, die Feuerbänder im Schnabel trugen, erhob sich jäh von seinem Hut.

Der Reiter brach einen Ast von einer Eberesche, der in seiner Hand hell aufloderte, bis er die Flamme ausblies und mit den Fingern über das Holz fuhr. Dann packte er ihn wie einen Wanderstab und ging auf das Dorf zu.

Stumm und wie verlassen standen die Häuser da. Die Bewohner saßen beim Mittagessen.

Aufmerksam musterte der Fremde die Fronten der Häuser, an denen er entlangging. Sie waren aus großen grauen Steinquadern. Hin und wieder bückte er sich und zeichnete mit dem Zeigefinger einen Kreis auf einem bestimmten Stein in einer Hauswand. »*Du* kommst nicht von hier.« Und wenn er weiterging, stieß jeder Stein, den er berührt hatte, einen leisen Klagelaut aus.

In der Dorfmitte war ein kleiner Platz mit einem Brunnen. Der Reisende holte ein hölzernes Schild aus seinem Bündel und lehnte es an die Brunnenverkleidung. Auf dem Brett stand:

ZAHN- UND WUNDARZT

HIER WERDEN ZÄHNE GEZOGEN UND KNOCHEN GERICHTET

Dann setzte er sich auf den Brunnenrand und nahm einen Apfel aus seinem Bündel, den er in zwei Bissen verspeiste. Die Vögel, die von seinem Kopf aufgeflogen waren, kamen zurück, kreisten eine Weile unruhig über den Dächern, dann setzten sie sich auf Schornsteine und Gesimse und warteten.

Langsam, einzeln oder in kleinen Gruppen, kamen die Dorfbewohner aus ihren Häusern. Sie lasen das Schild. Sie berieten sich leise miteinander. Sie kratzten sich am Kopf. Schließlich ging ein alter Mann mit grauem Haar humpelnd auf den Fremden am Brunnen zu.

»Wie viel?«, fragte er argwöhnisch. »Was verlangst du als Bezahlung?«

»Kein Geld. Mir geht es nur um ein Wort, eine Botschaft.«

»Was für ein Wort? Was für eine Botschaft? Ich habe mir das Bein gebrochen«, sagte der Alte, »und es ist nie richtig zusammengeheilt.«

Der Fremde strich mit der Hand über das schiefe Bein. Sein Patient japste vor Schmerz und dann noch einmal vor Überraschung. Denn das Bein war jetzt genauso gerade wie das andere.

Dann rückte der Fremde nah an seinen Patienten heran. Leise fragte er: »Was hat mein Vater zu seinem Sohn gesagt, als er im Sterben lag?«

»Was?«

»Du bist ein alter Mann, du hast die Schlacht der Neun Feuer miterlebt.«

Der Alte nickte verstört.

»Was hat mein Vater zu seinem Sohn gesagt, als er im Sterben lag?«

»Ich – das weiß ich nicht, Herr. Ich w-weiß nicht, was Sie meinen«, stotterte der Alte voller Angst.

»Gut, du magst gehen! Und in Zukunft, ohne zu hinken.«

Nachdem sie gesehen hatten, wie schnell der Alte mit dem lahmen Bein geheilt worden war, drängten sich weitere Patienten an den Fremden heran. Er heilte sie alle – gebrochene Arme, falsch gerichtete Beine, von wilden Tieren geschlagene Wunden, Risse vom Steinschlag und Schrammen von Raufereien. Er zog schmerzende Zähne und ließ Entzündungen verschwinden.

Und jedem Patienten stellte er seine leise Frage: »Was hat mein Vater zu seinem Sohn gesagt, als er im Sterben lag?«

Doch keiner wusste es, oder keiner mochte ihm antworten. Ein alter Mann sagte: »Eine grausame Schlacht war es, Herr! Die Heere kamen von beiden Seiten den Berg hoch. Hier in unserem armen Dorf trafen sie zusammen. Viele sind gefallen, viele sterbend liegen geblieben. Wer kann schon sagen, was gesprochen wurde, wenn so viele Seelen weggeflogen sind? Wie Vögel sind sie auf und davon, wie Mäuse, die den Berg hinunterrennen.«

Ein kleiner schwarzer Hund kam winselnd zwischen den Häusern hervor und lief am Rande der Menge entlang. Als der Fremde ihn sah, fragte er einen Jungen, dem er gerade einen Zahn zog: »Heißt es nicht, dass irgendwo in diesem Dorf ein Schatz vergraben ist?«

Der Junge spuckte einen Mund voll Blut aus – und seinen Zahn. »Ja, Herr«, antwortete er. »So sagt man. Aber keiner hat ihn je gefunden. Wenn man anfängt zu graben, gibt der Boden nach, und der Sand füllt die Grube schneller, als man den Spaten schwingen kann. Der Schatz weiß sich zu schützen.« Der Fremde nickte und wandte sich seinem letzten Patienten zu, einen verbissenen Alten mit eisengrauem Bart und Narben auf den eingefallenen Wangen. Als er den großen roten Mund aufriss, lächelte der Fremde leicht, denn was er darin sah, waren keine Menschenzähne, sondern Wolfsfänge.

Während er den Zahn zog, der den Mann geplagt hatte, fragte er: »Was hat mein Vater zu seinem Sohn gesagt, als er im Sterben lag?«

Der Mann machte einen Satz, als habe ihn eine Schlange gebissen.

»Glaubst du, das würde ich dir sagen? Glaubst du das wirklich? Packt ihn!«, rief er den anderen zu. »Er ist ein Spion – ein Dieb – ein Störenfried! Er ist der Späher für das schwarze Heer, das bald hier eintreffen wird, um unsere Ernte zu rauben und unsere Häuser niederzubrennen. Werft ihn über die Klippen. Weg mit ihm! Tötet ihn!«

»Nein, nein«, widersprachen einige, »wie kämen wir dazu? Was hat er uns denn zuleide getan?« Die meisten aber, besonders diejenigen, denen er einen Zahn gezogen oder deren Knochen er gerichtet hatte und die sich keinen weiteren Nutzen von ihm versprachen, riefen: »Ja! Ja! Werft ihn in die Schlucht. Wir wollen hier keine Fremden haben!«

Und sie packten den Reisenden und trugen ihn zur Schlucht. Sie rissen ihm den Hut mit der breiten Krempe vom Kopf und warfen ihn in die Tiefe, so dass er davonwirbelte wie ein wilder schwarzer Vogel im Sturm.

»Bringt auch sein Bündel. Bestimmt ist es voller Teufeleien und Hexenzeug.«

»Wollen wir sein Bündel nicht behalten?«, fragten einige. Die meisten aber sagten: »Nein, es ist besser, wir werfen es auch weg, sonst haben wir später womöglich Ärger damit.«

Und so warfen sie zuerst das Bündel in die Schlucht.

Während sie den Fremden zum Klippenrand zerrten, fing er an zu singen. Er hatte eine gewaltige Stimme. Sie stach in den düsteren Himmel hinein wie eine Lanze, sie schwang sich empor und läutete und hallte wie ein kupfernes Glockenspiel. Und dann lachte der Reiter denen, die ihn in die Tiefe stürzen wollten, ins Gesicht.

»Lebt wohl, ihr großmütigen Gastgeber. Euer herzlicher Empfang soll unvergessen sein.«

Während er fiel, fuhren Blitze aus seinem Kopf, und die Vögel kamen geflogen und umkreisten ihn, und der kleine schwarze Hund stürzte sich jaulend ihm nach über den Klippenrand.

Brummelnd, bedrückt, zornig und voller böser Ahnungen kehrten die Dorfbewohner in ihre Häuser zurück. Kein einziger hinkte mehr. Aber der Alte, der des Fremden erster Patient gewesen war, sagte: »Das war eine üble Tat, aus der nichts Gutes erwachsen kann. Es wird so schlimm kommen wie bei der Schlacht der Neun Feuer.« Und dann stieß er hervor: »Seht doch, Nachbarn! Seht!«

Denn die Kreise, die der Fremde auf die Steine in den Häuserfronten gezeichnet hatte, begannen in der untergehenden Sonne blutrot zu leuchten.

Der Winterschlafwandler

Es war einmal ein Mann, der hieß Bernard und war Müller. Er wohnte in seiner Wassermühle am Rand der Südlichen Berge, da, wo die Wälder sich schon anstrengen müssen, um an den steilen Hängen hochzuklettern. Bernard war ein reicher Mann; seine Mühle an einem rauschenden Bergbach war immer in Betrieb, denn das Wasser strudelte kräftig in die Tiefe und drehte das große Schaufelrad. Oberhalb der Wassermühle stand eine Sägemühle, und weiter unten war ein Dorf mit Häusern, einer Kirche, einer Schmiede und einem Wirtshaus.

Jeden Tag mahlte Bernard große Mengen Roggen und Weizen für die Bauern in der Umgegend, die ihm dafür gutes Geld zahlten. Er hatte so viel gespart, dass er das Arbeiten eigentlich gar nicht mehr nötig hatte. Er hätte den ganzen Tag nur fischen oder im Wald spazieren gehen können. Aber das wollte er nicht.

Am liebsten schnitzte er Holzfiguren. Manche waren ganz groß, und manche waren ganz klein. Er konnte Menschen schnitzen, Pflanzen, Tiere, Engel, Fische, Schlangen, Ungeheuer oder Sterne. In jeder freien Minute, die er nicht in der Mühle verbringen musste, saß er mit einem Stück Holz da und schnitzte mit einem Messer daran herum. Seine Figuren waren im ganzen Land berühmt und begehrt zur Verschönerung von Häusern, Möbeln, Dorfhallen und Grafenschlössern.

Um die Mühle herum standen weit und breit keine Bäume mehr, die hatte Bernard alle gefällt, um aus ihren Ästen Katzen und Hunde und Nixen und Affen zu schnitzen.

Bernard hatte eine Tochter, die hieß Alyss und war sehr schön. Sie hatte goldbraunes Haar und helle blanke Augen. Sie hatte sich ein rotes Kleid, rote Schuhe und einen roten Mantel gemacht. Wenn sie damit im Wald spazieren ging, sah es aus, als ob eine zuckende Flamme von einem Baumstamm zum anderen sprang.

Es gab Dutzende von Männern im Dorf, die Alyss gern geheiratet hätten, aber sie gab allen einen Korb.

Bernard war sehr stolz auf ihre Schönheit. »Sie hat das Zeug dazu, einen großen Herrn zu heiraten«, sagte er oft. »Ich möchte nicht, dass sie einen der Jungen aus dem Dorf nimmt. Was wissen die denn schon! Das sind langweilige Bauerntölpel, sie haben nichts von der Welt gesehen und tragen alle ein Brett vor dem Kopf. Die passen nicht zu meiner Alyss.«

Und deshalb sagte man in der Gegend von Alyss, sie sei ein hochmütiges, eitles Ding, das sich besser dünkte als ihre Nachbarn.

Aber das stimmte nicht. Alyss machte sich überhaupt keine Gedanken über ihre Nachbarn. Sie war nicht hochmütig, aber sie war noch nie einem Mann begegnet, den sie hätte heiraten mögen. »Er sieht nett aus, aber ich liebe ihn nicht«, sagte sie von Mark Smith. »Er ist gescheit, aber ich liebe ihn nicht«, sagte sie von Paul Taylor. »Er ist ein guter Kerl, aber ich liebe ihn nicht«, sagte sie von Frank Priest. »Er ist stark und willig, aber ich liebe ihn nicht«, sagte sie von Ted Bridge. Und so ging es mit allen.

Jeden Tag streifte Alyss allein durch den Wald und leuchtete wie Morgenröte zwischen den dunklen Bäumen. Sie war gern allein und freute sich am Ruf der Vögel, dem Schnuffeln und Grunzen von Rehen und Wildschweinen, dem Bellen der Füchse im Wald.

In den Bergen gab es auch Bären, große Braunbären, die wohnten dicht unter den schroffen Gipfeln, ließen sich den ganzen Sommer über wilden Honig, wilde Äpfel und wilde Pflaumen schmecken und verschliefen den schneereichen Winter zusammengerollt in ihren tiefen Höhlen. Alyss bekam nicht oft einen Bären zu Gesicht, denn deren Lieblingsplätze waren weit weg von ihres Vaters Mühle, aber sie hatte keine Angst vor ihnen. Sie ängstigte sich überhaupt vor keinem wilden Tier. Als sie klein war, hatte der Vater ihr eine Flöte geschnitzt, eine kleine Flöte aus hartem weißen Buchsbaumholz, auf der spielte sie, wenn sie durch den Wald streifte. Und die Vögel antworteten ihr darauf mit ihren Liedern, und die Rehe und Hasen hörten auf zu äsen und lauschten.

Eines Tages kam Bernard blass und verstört zu seiner Tochter und sagte: »Alyss, ich möchte, dass du von heute ab im Heu-

schober schläfst. Heute Nachmittag schaffe ich dein Bett dorthin. Du sollst viele dicke Wolldecken haben und eine Steppdecke aus Gänsedaunen, eine Lampe und eine Wärmflasche aus Steinzeug, damit du nicht frierst.«

»Aber warum, Vater?«, fragte Alyss verwundert. »Warum soll ich im Heuschober schlafen?«

»Das spielt keine Rolle. Tu, was ich sage. Und komm nie frühmorgens in die Mühle, bis du hörst, dass ich das Mühlrad in Gang gesetzt habe. Ich werde ein Schloss an die Tür des Heuschobers machen und dich einschließen.«

Aber davon wollte Alyss nichts wissen.

»Bitte schließ mich nicht ein, Vater. Wenn nun im Heuschober ein Feuer ausbricht? Ich könnte es nicht ertragen, eingesperrt zu sein.«

Sie bat und bettelte, bis Bernard nachgab. Er händigte ihr den Schlüssel zum Heuschober aus und ermahnte sie, immer schön abzuschließen, wenn sie sich nachts zu Bett legte.

Von diesem Tag an schlief Alyss im Heuschober zwischen den Heuballen, zugedeckt mit vielen warmen Wolldecken und einem Steppbett aus Gänsedaunen. Nachts hörte sie die Eulen schreien und die Füchse kläffen, die Rehe und die Dachse grunzen, die Otter im Bach spielen und planschen. Sie fand großen Gefallen daran, im Heuschober zu schlafen. Oft stand sie lange vor Tagesanbruch auf und streifte im Wald umher.

An die vielen Männer, die sie heiraten wollten, verschwendete sie keinen Gedanken. Manchmal aber überlegte sie, warum der Vater sie in den Heuschober verbannt hatte, als habe sie ihm Schande gemacht.

Dass aber Bernard seine Tochter Alyss im Heuschober schlafen ließ, hatte folgenden Grund: Zwei Meilen hinter dem Dorf stand an einem Kreuzweg eine gewaltige Eiche, auf die Bernard schon seit langem ein Auge geworfen hatte. Es juckte ihn in den Fingern, sie zu fällen, um neues Holz für seine Schnitzereien zu bekommen. Doch die Eiche gehörte nicht Bernard, sie gehörte überhaupt keinem einzelnen Menschen, denn sie war ein Grenzbaum. Vor Hunderten von Jahren war sie an der Stelle gepflanzt worden, wo das Gebiet des einen Dorfes zu Ende war und das des nächsten begann. Und deshalb gehörte der Baum beiden Dörfern und allen Menschen, die darin wohnten. Und deren Großeltern und Enkeln. Er bezeichnete die Grenze, so dass man genau wusste, welches Dorf von welcher Stelle an die Straße zu reparieren und die Hecken zu schneiden hatte.

Bernard jedenfalls gehörte die Eiche bestimmt nicht.

Trotzdem machte er sich eines Nachts heimlich mit seiner schärfsten Axt und seiner längsten Säge, mit Ochsen und Brechstangen und einem Fuhrwerk auf und fällte den großen Baum. Er zerlegte den Stamm in Bretter und sägte die Äste ab und schleppte das ganze Holz in sein Lagerhaus. Das Laub und die kleinen Zweige verbrannte er, und zurück blieb ein kahler Fleck.

Während aber Bernards Axt durch das Herz des Baumes ging, hörte er eine leise Stimme an seinem Ohr – eine Stimme, die ein bisschen so klang wie eine Säge, die sich durch hartes Holz arbeitet. Die Stimme sagte:

»Du hast einen Baum gemordet, der nicht dir gehörte.«

»Ich wollte das Holz haben. Ich brauchte das Holz«, keuchte Bernard und schwang weiter seine Axt.

»So sei es«, sagte die Stimme. »Du hast Holz gewollt, du sollst Holz haben – mehr als genug. Wenn du morgens aufwachst, soll der erste Gegenstand, den deine Hand berührt, zu Holz werden und für immer Holz bleiben. Du wirst schon sehen, was du davon hast.«

Als Bernard am nächsten Morgen erwachte und die Augen aufschlug, sprang seine getigerte Lieblingskatze zu ihm aufs Bett. Bernard streckte die Hand aus, um sie zu streicheln, und sogleich verwandelte sie sich in ein Stück Holz, das stumm und starr dastand – eine wunderhübsche geschnitzte Katze, die gut und gern aus Bernards Werkstatt hätte stammen können.

Da regte sich kalte Angst in seinem Herzen. Wenn er nun aus Versehen einmal seine Tochter Alyss berührte?

Und deshalb hatte er sie zum Schlafen in den Heuschober geschickt.

Die Dörfler gerieten in große Wut, weil jemand ihren Grenzbaum gefällt hatte. Sie konnten sich natürlich denken, wer es gewesen war. Aber geschehen war geschehen, wieder aufstellen ließ der Baum sich nicht. Bernard versprach, am gleichen Fleck eine junge Eiche zu pflanzen, er schenkte den Dörflern schöne Schnitzbilder für ihre Kirchen, und nach einer Weile vergaßen sie den Vorfall. Nur Bernard vergaß ihn nie. Er musste nun immer sehr sorgfältig überlegen, ehe er frühmorgens etwas anfasste. Trotzdem passierte es ihm immer wieder, dass Sachen in seiner Hand zu Holz wurden, ohne dass er es wollte. Er hatte eine hölzerne Teekanne, eine hölzerne Zahnbürste, eine hölzerne Hose, eine hölzerne Lampe, eine Schachtel mit hölzernen Seifenstücken und Dutzende hölzerner Betttücher und Decken.

»Was schnitzt du neuerdings für wunderliche Dinge, Vater«, sagte Alyss.

Bernard wurde schweigsam und schwermütig. Die Nachbarn sprachen nicht mit ihm, und Alyss war nur noch selten mit ihm zusammen, weil er kaum den Mund auftat.

Sie war fast den ganzen Tag im Wald.

Der Herbst kam. Das Laub fiel. Eine dünne Schneeschicht bedeckte den Boden. Die Eichhörnchen vergruben ihre Nüsse und kringelten sich zu einem Nickerchen in hohlen Bäumen zusammen. Die Bären trollten sich in ihre Höhlen und rollten sich fest zusammen, um einen tiefen, tiefen Winterschlaf zu halten.

Alyss liebte den Winter, wenn das Laub raschelnd den Boden bedeckte und dann der Schnee einen weißen Teppich darüber breitete, vor dem die Umrisse der laublosen Bäume wunderschön anzusehen waren.

Sie lief im Freien herum, wenn es hell war, und sie lief im Freien herum, wenn es dunkel war. Ihre Augen waren so an ihre Umgebung gewöhnt, dass sie sich sogar in der schwärzesten mondlosen Nacht zurechtfand. Bernard ahnte nicht, wie oft sie nachts hinausging, zur Sägemühle hoch oder bergab, am Dorf vorbei, oder tief in den dichten Wald hinein.

In einer hellen Sternennacht sah sie an der Sägemühle, wo stumm und bereift die Sägemehlhaufen standen, denn die Holzarbeiter waren alle weit weg in ihren Betten und schliefen, etwas Seltsames.

Eine große dunkle Gestalt glitt lautlos auf dem kahlen, gefrorenen Boden dahin. Als sie näher kam, sah Alyss, dass es ein mächtiger Braunbär war.

Und das wunderte sie sehr, denn um diese Jahreszeit erwartet man von den Bären, dass sie fest schlafen und schnarchend in ihren behaglichen Höhlen liegen.

Als sie den Bären genauer erkennen konnte, sah Alyss, dass er tatsächlich fest schlief. Er hatte die Augen geschlossen und trieb so leicht und leise dahin wie ein Flöckchen Distelwolle, ja, er schnarchte sogar ein bisschen.

Es war ein schlafwandelnder Bär.

Behutsam, um ihn nicht zu erschrecken, sagte Alyss: »Lieber Bär, was hast du hier im kalten Wald zu suchen? Kehr um, kehr um und geh heim.«

Da blieb der Bär stehen und ließ die großen weichen Vorderpfoten baumeln, als ob er ihr zuhörte.

»Geh heim, lieber Bär«, flüsterte Alyss noch einmal. Dann zog sie die kleine Buchsbaumflöte aus der Tasche ihres roten Mantels und spielte eine sanfte, friedliche Weise, ein Wiegenlied. Der schlafwandelnde Bär legte lauschend den Kopf schief, und nach ein, zwei Minuten machte er kehrt und ging in die Richtung zurück, aus der er gekommen war.

Und da fiel Alyss etwas ein. Wenn du einen schlafwandelnden Menschen triffst, hatte die Mutter ihr erzählt, und ihn etwas fragst, wird er dir die Wahrheit sagen. Und deshalb rief sie leise der langsam davontappenden schweren, bepelzten Gestalt nach: »Höre, Bär! Wenn du es weißt, sag mir doch bitte den Namen des Mannes, den ich heiraten werde.«

Der Bär hielt kurz inne, dann schüttelte er langsam den großen braunen Kopf mit der spitz zulaufenden Schnauze und machte sich lautlos davon.

Und Alyss legte sich nachdenklich wieder in ihr Bett zwischen den Heuballen.

Viele Nächte lang ging Alyss, wenn der Mond sehr hell schien oder die Sterne am Himmel standen, in den Wald, wo der schlafwandelnde Bär herumstreifte.

Manchmal begleitete sie ihn ein Stück und spielte auf ihrer kleinen Buchsbaumflöte. Und er schien zuzuhören, denn er nickte bedächtig mit dem schweren Kopf. Wenn es nicht zu kalt war, suchten sie sich ein geschütztes Plätzchen zwischen Moos und Laub unter einem hohen Nadelbaum, und der Bär legte seinen müden Kopf in ihren Schoß, während sie leise für ihn spielte oder sang.

Und ehe sie ihn in seine Höhle zurückschickte, stellte sie ihm immer wieder dieselbe Frage.

»Lieber Bär, wenn du es weißt, sag mir, wen ich heiraten werde.«

Doch er schüttelte, während er davonging, immer nur den Kopf.

Fast täglich kamen Männer aus ihrem Dorf und aus anderen Dörfern und hielten bei Bernard, dem Müller, um seine Tochter an. Sie aber nahm keinen von ihnen.

Und Bernard, der noch stiller und schwermütiger geworden war, hatte für die Freier immer dieselbe Antwort.

»Meine Tochter kann wählen, wen sie will. Sie ist schön genug und reich genug, um einen Ritter oder einen Fürsten oder einen großen Lord zu heiraten.«

Eines Morgens aber sah Alyss, nachdem sie die ganze Nacht mit ihrem Freund, dem Bären, durch den Wald gestreift war, dass

die Tür zur Mühle offen stand und ihr Vater gähnend aus dem Bett stieg. Da lief sie zu ihm und kniete vor ihm nieder und legte die Arme um ihn und rief:

»Vater, Vater, ich möchte den Bären heiraten, den schlafwandelnden Bären aus dem Wald!«

Und als sie das Wort Wald ausgesprochen hatte, wurden ihre Lippen zu Holz. Ihre Finger wurden zu Holz, ihre Hände und Arme wurden zu Holz und ihre Beine und Füße auch. Sie war zu einem hölzernen Standbild geworden, aber das war so schön, wie Bernard es nie hätte schnitzen können, und wenn er sein ganzes Leben daran gearbeitet hätte.

Dem Ärmsten war, als sei er selbst zu Holz geworden.

An diesem Tag stand das Mühlrad still. Der Müller blieb in seinem alten hölzernen Sessel sitzen und betrachtete unverwandt seine hölzerne Tochter – das ihm bittend zugewandte Gesicht, die ausgestreckten Hände.

Abends ging Bernard in den Wald. Viele Stunden streifte er suchend umher. Schließlich legte er sich erschöpft und kummerschwer unter eine Fichte und verfiel in einen leichten Schlaf, in dem ihn trübe Träume heimsuchten. Als er im Morgengrauen steif und frierend aufwachte, stand nicht weit von ihm entfernt ein großer brauner Geselle, der unruhig den Kopf hin und her wandte, als suchte auch er etwas, was er verloren hatte.

Es war ein Bär. Und er schlief fest.

Bernard ging auf den Bären zu und legte ihm sanft die Hand auf eine der riesigen Tatzen. Und sogleich wurde der Bär zu Holz, zu einem massiven hölzernen Bärenstandbild.

Bernard holte seinen Ochsenkarren, hob die beiden Holzfiguren, den Bären und das Mädchen, hinein und fuhr sie hoch in die Berge. Dort stellte er sie in eine Höhle, die hinter einem hohen Wall aus welkem Laub verborgen war, und rollte einen großen Felsblock vor den Eingang.

Dann ging er davon und ward nie mehr gesehen.

Die Mühle ist jetzt leer, das Mühlrad steht still, und auf den Holzfiguren liegt dicker Staub.

Die Welt im Fall

Auf den riesigen Himmelsfeldern wurde früher Fußball gespielt. Aber das ist lange her. So lange, dass damals an unser kleines Billigpreisuniversum überhaupt noch nicht zu denken war. Als Fußball diente ein Planet, die Tore waren Sternbilder, die Spielfelder unendlich groß. Und die Mannschaften? Engel, Heilige, Dschinns, hilfreiche Geister, Dämonen und andere Wesen aus unermesslichen Himmels- oder Unterwelten, die so weit weg sind, dass wir uns nicht mal in unserer Phantasie ein Bild von ihnen machen können.

Gespielt wurde fortlaufend, einen richtigen Spielschluss gab es ebenso wenig wie Sieger und Verlierer. Man spielte, weil es Spaß machte und um das Verhältnis zwischen den Mannschaften im Gleichgewicht zu halten. Hin und wieder wechselte ein Spieler von einer Mannschaft zur anderen. Die Spiele waren als gewaltiges Dröhnen weithin zu hören; früher hätte man Sphärenmusik dazu gesagt. Und anzusehen war das Spiel – hätten unsere Augen jemals dieses Bild aufnehmen können – wie eine Million ineinander verschlungener Regenbogen, die sich funkelnd und blitzend über die weiten Ebenen der Ewigkeit jagten.

Eines Tages aber war es damit aus und vorbei, und alles wurde ganz anders. Schuld daran war Ikarus, ein kleiner Heiliger und Torhüter in einer Galaxie, die so riesig war, dass die Milchstraße sich dagegen ausnahm wie eine lange Reihe von Geburtstagstortenkerzen.

Der Heilige Ikarus war ein sehr tüchtiger Torhüter. Er flitzte so flink zwischen seinen himmlischen Torpfosten hin und her, dass ein Kometenflug dagegen wie Kriechgang wirkte. Er schnappte sich den Ball und warf ihn mit Schwung zurück ins Spiel – nicht einmal und nicht hundertmal, nein, unzählige Male –, und dabei sang er, und seine Stimme schallte zwischen den Planeten und Sternennebeln, dass es ein wahres Wunder war. Der Heilige Ikarus war so sehr darauf bedacht, in sein Tor nichts hineinzulassen, was da nicht hingehörte, dass er sich eine Art Riesenbesen aus Gestirnen gemacht hatte, die durch Gasschwaden zusammengehalten wurden, mit dem fegte er sein Tor von vorn bis hinten, damit auch kein einziges Sternenstäubchen sich dort festsetzen konnte. Und manchmal benutzte er den gewaltigen Sternenbesen auch, um den Ball vom Tor abzuschlagen, allerdings hörte man dazu hier und da auch kritische Stimmen, weil so was bisher nicht üblich gewesen war.

Eines Tages war es dann so weit, dass der Heilige Ikarus aus dem Tor ins Mittelfeld versetzt werden sollte – denn die Spieler wechselten in regelmäßigen Abständen die Positionen –, und natürlich wollte er seinem Nachfolger das Tor sauber und ordentlich hinterlassen. Während er fegte und schrubbte und mit seinem Licht den Torraum von vorn bis hinten ausleuchtete, entdeckte er in einer Ecke etwas, was wie ein Haar aussah.

Der kleine Ikarus griff sich das Haar und zog kräftig daran, um es wegzuwerfen und in der Tiefe des Nichts verschwinden zu lassen. Stattdessen zog er aus Versehen eine große Klappe im Boden des Weltraums auf, unter der ein beängstigendes Gewirr von Kabeln und Anschlüssen zum Vorschein kam. Und während er noch heftig an dem Haar zerrte, riss ein Kabel entzwei. Und mit einer unheimlichen Stichflamme ging der ganze Kabelsalat hoch und stürzte das Universum in Dunkelheit.

»Oje«, sagte der Heilige Ikarus, »jetzt ist eine Sicherung durchgebrannt!« Er guckte besorgt in die zugige Höhle, und das Licht seines Heiligenscheins fiel schwach auf eine Million verhedderter und verbogener Kabel, die wie Glühwürmchen in der unermesslichen Finsternis glitzerten.

»Ob das da wohl zu dem passt?«, brummelte der Heilige Ikarus und versuchte, zwei Kabel wieder zu verbinden.

Da gab es abermals eine gewaltige Explosion, und der Heilige Ikarus wurde, das Haar noch in der Hand, über das halbe Firmament geschleudert.

»Oje«, seufzte er. »Das war offenbar auch nicht das Richtige.«

Über sich vernahm er jetzt eine grollende Stimme und sah einen zornigen Blitzstrahl zucken.

»Ikarus!«, sagte die Stimme.

»Ja, Herr.«

»Weißt du, wer ich bin?«

»Ja, Herr. Der Schiedsrichter.«

»Weißt du, was du angestellt hast?«

»Mir ist eine Sicherung durchgebrannt.«

»Du hast den Fortschritt um tausend Millionen Äonen zurückgeworfen.«

»Tut mir furchtbar leid, Herr.«

»Das will ich hoffen.«

»Ich will's auch gern wieder gutmachen, wenn Sie mir zeigen, wie es geht.«

»Wie es geht, Ikarus, wirst du erst in weiteren tausend Millionen Zeitaltern erfahren. Und selbst dann muss bezweifelt werden, ob du in der Lage sein wirst, dein Wissen anzuwenden.«

»Oje.«

»Du sagst es. Jetzt wirst du erst einmal büßen müssen.«

»Ja, Herr. Natürlich. Das mit dem Fortschritt tut mir natürlich Leid. Aber vielleicht«, sagte Ikarus und haschte nach einer Hoffnung wie nach einem Stück kaputter Eierschale, »ist es gar nicht so schlimm, wenn der Fortschritt sich ein bisschen Zeit lässt? Wir hatten es bisher doch eigentlich ganz nett. Manch einem geht das mit dem Fortschritt womöglich sogar ein bisschen zu schnell.«

»Sei still, Ikarus. Du weißt nicht, was du redest.«

»Nein, Herr. Natürlich nicht.«

»Interessiert es dich, worin deine Buße besteht?«

»Nicht besonders, Herr.«

»Du wirst es trotzdem erfahren. Du bist dazu verurteilt, in einem Käfig nach unten zu fallen, immer weiter nach unten bis in alle Ewigkeit. Es geht schon los.«

Tatsächlich: Schon war der kleine Ikarus nur noch ein fernes Pünktchen im unteren Weltenraum. Er saß in einem Käfig aus hellen und dunklen Gitterstäben. Es war sein eigenes Tor, das sich um ihn geschlossen hatte.

Er hatte noch immer das Haar in der Hand.

»Werde ich denn nie stehen bleiben, Herr?«, fragte er traurig. »Das stelle ich mir recht langweilig vor. Lange nicht so lustig wie Fußballspielen.«

»Du wirst erst dann stehen bleiben, wenn ein einziger Hund heult, weil du ihm Leid tust in deiner Not.«

»Ein Hund, Herr? Was ist ein Hund?«

»Das habe ich noch nicht endgültig entschieden … Und solltest du doch zurückkommen«, sagte die Stimme, »bring ja den Fußball mit, hörst du? Ich kann nicht zulassen, dass Fußbälle unbeaufsichtigt im Weltraum herumrollen.«

Der kleine Ikarus fiel weiter.

Er fiel und fiel. Myriaden von Äonen verstrichen. Wenn die Menschen auf den Planeten dieses oder jenes Universums nachts den Blick zum Himmel richteten und den armen kleinen Ikarus vorbeisausen sahen, hielten sie ihn für eine Sternschnuppe. Dann kreuzten sie die Finger und wünschten sich etwas. Manche hielten ihn auch für einen Dämonen und nannten ihn Luzifer.

Ikarus bekam den Fußball nie zu fassen. Er sah ihn deutlich unter sich, gar nicht weit weg, aber er konnte ihn nicht erreichen. Außerdem saß er ja in seinem Käfig.

An dem Fußball setzten sich im Fallen Sternenstaub und Mondstaub und Federn von Kometenschweifen fest, so dass er immer größer wurde. Sie fielen und fielen.

Aber eines Tages …

Im Sternbild Großer Hund gab es eine ganz, ganz kleine Welt. Und auf dieser Welt lebte ein Dichter, der unentwegt Gedichte schrieb. Der Dichter hatte einen Hund, der hieß Namenlos, denn der Dichter war mit seiner Dichterei so ausgelastet, dass er keine Zeit hatte, sich einen Namen für ihn auszudenken (Dichter sind nämlich überall und zu allen Zeiten gleich.) Namenlos war groß und struppig und von sanftem, traurigem Wesen.

Eines Tages schrieb der Dichter, der Pronto hieß, ein schwermütiges Liebeslied, und das ging so:

Helft mir! Ich bin verfallen
-fallen
fallen
dem schönsten Stern.
Mein Lieb hört mich nicht lallen
lallen
lallen,
sein Heim ist fern.
Es kann gar nie geschehen,
dass wir reden und lachen zu zweit,
nie werd ich sein Antlitz sehen
mir zum Geleit.
Mein Lieb muss fallen
fallen
fallen
durch Raum und Zeit.

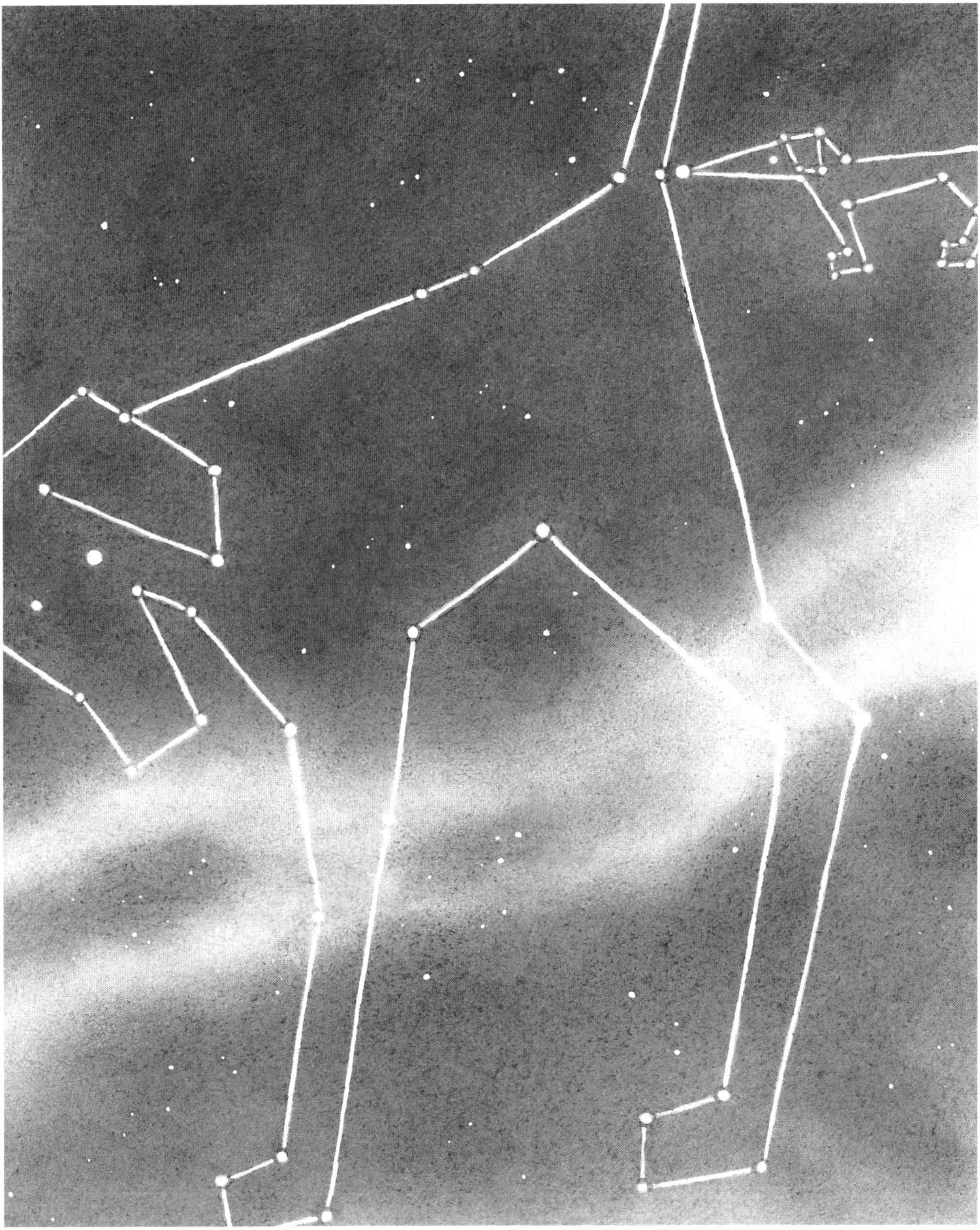

Pronto machte auch eine Melodie zu dem Text und sang sie immer wieder.

Es war eine unsäglich traurige Melodie.

Der struppige Hund Namenlos saß da und lauschte dem Lied. Und dabei hob er seine struppige Schnauze zum Himmel, der von dort unten mit seinen nadelspitzen Sternen aussah wie ein großes Feld voller Disteln und Dornen. Einen der Sterne aber sah man ständig nur fallen, fallen, fallen.

Bei diesem Anblick und durch das traurige Lied, das Pronto spielte, blähten sich Mitleid und Kummer in der Brust des Hundes Namenlos zu einer großen Blase, und er hob seine struppige Schnauze noch höher und jaulte laut auf:

»Uh-uuuuuuuuh!«

Und weil dieser Ruf so voller Selbstlosigkeit und Kummer war, durchdrang er mühelos die äußere Hülle der kleinen Welt, auf der Pronto lebte, flog wie ein Pfeil durch den Weltenraum und holte den Käfig mit dem Heiligen Ikarus ein. Er legte sich wie eine Schlinge um ihn und stoppte seinen stürmischen Fall. Und er bewirkte, dass auch der Fußball unter Ikarus stoppte und anfing, sich zu drehen. Und der Käfig löste sich in nichts auf.

Während der Fußball sich um seine eigene Achse drehte, wurde er größer und größer, und Ikarus fiel auf den Fußball und blieb keuchend, lachend und nach Luft schnappend und sehr verwundert darauf liegen. Er hatte noch immer das Haar in der Hand.

»Mein Fußball ist groß genug zum Draufliegen! Groß genug zum Draufsitzen! Groß genug zum Drauftanzen!«

Er stand auf und sprang herum.

Um ihn her wuchsen Bäume aus dem Boden. Felsen brachen aus der Erde. Bäche strudelten über die Felsen in die Tiefe.

Dann sah Ikarus ein Mädchen und einen struppigen Hund unter den Bäumen. Das Mädchen stand da und beobachtete ihn. Der Hund kratzte sich wie verrückt, als sei ihm in seinem struppigen Fell etwas abhanden gekommen. Ikarus ließ das Haar los, und es flog zu dem Hund hin und setzte sich in seinem Fell fest. Der Hund hörte auf zu kratzen.

»Du bist spät dran«, rief das Mädchen. »Ich warte seit der Mittleren Eiszeit auf dich. Ich heiße Eva.«

»Guten Morgen. Ich bin ein kleiner Heiliger und heiße Ikarus«, erwiderte er höflich.

»Das ist zu lang«, sagte sie. »Ich werde dich Adam nennen.«

Sie gaben sich die Hand.

»Und wie heißt der Hund?«, fragte er, während der Hund mit dem buschigen Schwanz wedelte und sich zwischen sie schob.

»Er heißt Sirius.«

Aber Adam sagte: »Ich werde ihn Namenlos nennen.«

Weil der Fußball so groß geworden war, gaben sie ihn doch nicht zurück, aber dadurch hatten sie dann später jede Menge Ärger.

Bitte beachten Sie auch die folgenden Seiten

Joan Aikens Kinderbücher im Diogenes Verlag, illustriert von Babette Maeder

Das letzte Stück vom Regenbogen

Aus dem Englischen von Matthias Müller

In dieser phantasiereichen und humorvollen Märchensammlung vermischt Joan Aiken Elemente des klassischen Zaubermärchens mit neuen Inhalten: Der steinerne Kobold aus Zauberblatt klaut dem kleinen Tim das Dreirad und fährt damit davon. In Die Königin mit den keifenden Haaren wird die fünfjährige Christina von ihren Königseltern allein gelassen, weil sie ihr Königreich besichtigen müssen. Christina schneidet sich aus Verzweiflung ihre langen, goldenen Haare ab – und dann auch noch ein paar Blümchen aus der Tapete, damit der Tag nicht so traurig ist. Moderne Märchen, die Kinder, Eltern und Großeltern gleichermaßen zu bezaubern vermögen.

»Neun Geschichten, die die Phantasie kräftig beflügeln und die Gedanken auf Abenteuerreise schicken.«
Marina Antonioni / Süddeutsche Zeitung, München

Prinz Koriander und die Trolle aus der Tiefkühltruhe

Deutsch von Michaela Link

In Elfendorf, das ganz versteckt im Geschirrschrank hinter der Zuckerdose und den Suppenschüsseln liegt, herrschte große Aufregung: Der Elfenkönig Korodil hatte mal wieder seine Krone verlegt, und alle Elfen mussten sie suchen, denn ohne Krone kann ein Elfenkönig rein gar nichts tun, nicht leben und nicht sterben, kein Gesetz erlassen, ja er darf nicht einmal frühstücken! Und mitten in diese Aufregung kehrte Prinz Koriander aus der Fremde zurück. Er war so erwachsen geworden, dass ihn sein Vater gar nicht erkannte. Um zu beweisen, dass er der richtige Prinz war, musste er die Krone finden. Doch ohne die Hilfe der Staubsaugerhexe und der alten Norne im Besenschrank hätte Prinz Koriander diese Aufgabe niemals lösen können.

»Joan Aiken schreibt mit der Genialität der geborenen Geschichtenerzählerin.« *The New Yorker*

Babette Maeder & Andreas Bosshard
Ludmilla, das Küchenchamäleon

Was soll man bloß anziehen, wenn man zum Geburtstag eingeladen ist? Das getigerte Kleid, in dem sich Ludmilla immer so verwegen fühlt? Oder das pflaumenrote, oder doch lieber was ganz Elegantes? Kein Problem für ein Chamäleon, denkt ihr? Von wegen!

»In Pastelltönen ganz zart und karg gezeichnet ist die Erzählung von Ludmilla, die sich für den Geburtstag von Anton, dem Käfer, schönmachen will. Anton ist ein eitler Fratz. Aber er kann das kleine Küchenwesen so schön zum Lachen bringen. Eigentlich ist das eine versteckte Liebesgeschichte. Zudem ist es einfach lustig, was Ludmilla in ihrer Küche so alles erlebt.«
Marita Käckenmeister / Heilbronner Stimme

»Ein zauberhaft verrücktes Buch.«
Susanne Schübel/Westdeutsche Allgemeine Zeitung, Essen

»So elegant und schmissig wie Ludmilla das Kleidungsproblem löst, so elegant wirken auch die Illustrationen. Durch die außergewöhnlichen Perspektiven – aus der Sicht des Chamäleons – erhält das ganze Buch eine spezielle Note.« *Bücherbär, Bern*

»Eine Geschichte voller Überraschungen und bezaubernder Illustrationen.«
Familie & Co, Westergellersen

»Die Idee ist zauberhaft. Die zarten Pastellzeichnungen vom Küchenchamäleon sind es ebenfalls.«
Prima, Hamburg

»So charmant wie der Einfall ist das ganze Kinderbuch – mit Happy-End, versteht sich: ein einziger intelligenter Spaß.« *Welt am Sonntag/Hamburg*

Das große Märchenbuch

Die schönsten Märchen aus Europa
Gesammelt von Christian Strich,
mit über 600 Bildern von Tatjana Hauptmann
Ein Diogenes Hausbuch

»Ein Buch zum Schmökern und Stöbern ... mit vorzüglichen Zeichnungen und Aquarellen von Tatjana Hauptmann, deren Figuren nicht wie in anderen Märchenbüchern niedlich sind, sondern keck und frech, dumm und dreist, hochnäsig und arrogant, lieb und böse – ganz wie im wirklichen Leben.«
Der Tagesspiegel, Berlin

»Tatjana Hauptmann, schon berühmt und vielgeehrt, hat sich selbst übertroffen.«
Maria Frisé / Frankfurter Allgemeine Zeitung

»Ein Buch, das ich allen Kindern wünsche – und auch deren Eltern.«
Gregor Filthaut / Süddeutscher Rundfunk

»Märchen kann man in seinem Leben zweimal und zweifach lesen. Zuerst einfältig, als Kind, mit dem naiven Glauben, dass die belebt-bunte Welt ihrer Geschehnisse eine wahrhaftige sei, und dann, viel, viel später, mit dem vollen Bewusstsein ihrer Erfindung.«
Stefan Zweig

Kinderbücher von Anne Fine

Kuh-Lotto

Geschichte von Anne Fine. Mit Bildern von Gabriele Kernke. Aus dem Englischen von Erica Ruetz

Fräulein Mirabelle ist einfach die tollste Lehrerin, die Lance je hatte. Aber die Direktorin, Frau Spick, findet Fräulein Mirabelle untragbar. Und dass ihr für das bevorstehende Schulfest nichts einfällt, was sie mit ihrer Klasse beitragen könnte, wundert Frau Spick überhaupt nicht! Ein guter Vorwand, um diese unmögliche Person mit ihren Klapperabsätzen und ihren Rüschenröcken endlich loszuwerden …

»*Kuh-Lotto* ist eine Geschichte, so originell wie Fräulein Mirabelle. So realitätsnah der Alltag ist, von dem Anne Fine erzählt, mit seinen Freundschaften und Enttäuschungen, dem Ärger und der Lust mit den Lehrern, ist er mit der nötigen Portion Phantastik gemixt, um lustig und aufregend zu sein. Wer die witzigen Persönchen gesehen hat, die Gabriele Kernke zur Illustration gezeichnet hat, und die Kapitelüberschriften gelesen hat, der wird sowieso nicht ums Lesen drum rumkommen.«
Susanne Kippenberger/Der Tagesspiegel, Berlin

Bills neues Kleid

Geschichte von Anne Fine. Mit Bildern von Gabriele Kernke. Deutsch von Barbara Heller

»Eines Tages stellt Bill fest, dass er ein Mädchen ist, und findet sich in einem rosa Kleid wieder. Alle Welt tut, als sei es das Normalste überhaupt – nur Bill wundert sich, dass die Welt für Mädchen so ganz anders ist … Ein amüsantes Buch für Leser jeden Alters und jeden Geschlechts.« *Saarländischer Rundfunk*

Zaubernebel

Geschichte von Anne Fine. Mit Bildern von Gabriele Kernke. Deutsch von Ursula Kösters-Roth

Eines Morgens findet Jeanie auf dem Weg zur Schule einen Ring. Als sie daran herumspielt, erscheint in einer Nebelschwade ein dickes Männchen mit Pluderhosen und Schnabelschuhen und behauptet, der ›Geist des Ringes‹ zu sein. Der Kleine besteht darauf, Jeanie jeden Wunsch zu erfüllen, und Jeanie wünscht sich einen ›einzigartig schönen Tag‹. Doch von so einem Tag hat der Geist seine eigenen Vorstellungen …

»Anne Fine setzt die ernsthaftesten Themen so um, dass sie spielerisch-leicht wirken und doch nichts von ihrer Wirklichkeitsnähe einbüßen. Schmunzeln ist erlaubt – auch im Hinblick auf Gabriele Kernkes treffsichere Illustrationen.« *Der Bund, Bern*

Tagebuch einer Killer-Katze

Geschichte von Anne Fine. Mit Bildern von Steve Cox. Deutsch von Barbara Heller

Okay, okay. Dann hängt mich eben. Ja, ich habe den Vogel umgebracht. Verdammt noch mal, ich bin nun mal eine Katze. Es ist sozusagen mein Job, den Garten nach süßen kleinen Vögelchen abzusuchen, die kaum von einem Zaun zum anderen flattern können. Was soll ich denn machen, wenn eins dieser armen kleinen Federbälle sich geradewegs in meinen Rachen stürzt?

So beginnt das Tagebuch einer Killerkatze, die so entsetzlich ›mordgierig‹ ist, dass ihre Besitzerin Ellie fast verzweifelt. Als das Nachbarskaninchen tot und leicht zerfleddert aufgefunden wird, steht die arme Kuschel natürlich sofort wieder unter Verdacht. Aber kann sie es überhaupt gewesen sein?

»Anne Fines Bücher machen den grauen Alltag bunter.« *Ortwin Löwa/NDR, Hamburg*

Ein Engel in der Schule

Mit Bildern von Gabriele Kernke
Deutsch von Barbara Heller

Wie herrlich könnte es in der Schule sein, wenn Leute wie Barry Hunter in Schach gehalten würden, wenn man in Ruhe arbeiten, die Pausen genießen und einfach einen ganz normalen Schultag verbringen könnte. Doch da taucht Celeste auf: ein engelhaftes Wesen mit blonden Löckchen und veilchenblauen Augen. ›Die mach ich fertig‹, denkt Barry Hunter. Aber da ist er bei Celeste ein für allemal an die Richtige geraten.

»Ein zauberhaft geschriebenes Kinderbuch.«
Karin Oehmigen/Schweizer Illustrierte, Zürich

Ein total verrücktes Huhn

Mit Bildern von Gabriele Kernke
Deutsch von Barbara Heller

Von Geburt an wurden die Hühner auf der Gräulich-Farm in winzigen Käfigen gehalten, in denen sie nicht einmal genug Platz hatten, um die Flügel auszubreiten. Es gab kein Fenster, nur künstliches Licht, nie hatten die Hühner eine Wiese gesehen, nie in einem Hof gescharrt. Sie hockten in ihren zu engen Käfigen auf Drahtgeflechten, wurden gemästet und legten ein Ei nach dem anderen, bis sie schließlich geschlachtet wurden. Und so wäre es Generationen von Hühnern auf dem Gräulich-Hof weiterhin ergangen, wenn nicht eines Nachts die kleinen grünen Männchen gekommen wären und die Hühner aus den Käfigen bugsiert hätten. Aber nicht weil sie die Hühner befreien wollten – sondern, weil sie die Käfige brauchten. Denn Menschen schmeckten ja so viel besser als Hühner, fanden die kleinen grünen Männchen …

»Seit *Farm der Tiere* ist mir keine so kluge und bissige, sozial engagierte Geschichte mehr begegnet. Es ist schwierig, den Witz und die Brillanz zu vermitteln, die auf jeder Seite funkelt.« *Junior Bookshelf, London*

Punky Mami

Mit Bildern von Gabriele Kernke
Deutsch von Barbara Heller

Es ist nicht einfach für Minna, die einzig Vernünftige in der Familie zu sein. Ewig muss sie auf ihre Mutter aufpassen. Sonst liefe doch wieder alles schief: Die Zahnarzttermine würden vergessen werden, das Haushaltsgeld ginge für verrückte Klamotten drauf, das Goldfischaquarium würde nie geputzt werden. Mami würde ewig mit ihrem Freund Fiese Made auf dem Sofa rumhängen, fernsehen und Chips in sich hineinstopfen. Und – mal ehrlich – wie würdet ihr euch denn fühlen, wenn eure Mutter knallblaue Haare hätte und mit lila Netzstrümpfen herumliefe?

»Anne Fines Buch ist zum Schreien gut zu lesen.«
The Guardian, London

Goldnebel

Mit Bildern von Gabriele Kernke
Deutsch von Ursula Kösters-Roth

»Etwas wegwerfen? Unmöglich!«, findet Toby, als seine Mutter energisch verlangt, dass er endlich sein Zimmer entrümpelt. Doch als er die alte Messinglampe unter seinem Bett hervorkramt, entsteigt ihr der Geist Hassan und erteilt ihm eine Lektion in Sachen ›haben wollen‹ und ›brauchen‹.

»Die Geschichte ist von Anne Fine mit ihrem großen Sinn für feinen Humor erzählt, mit ihrer originellen Phantasie und ihrer charaktervollen Erzählweise. Dazu begleiten entzückende Zeichnungen von Gabriele Kernke die Geschichte.«
Gabriele Hausmann/Norddeutscher Rundfunk, Hamburg